Das Buch

Im Landhaus ihrer englischen Freunde will Monique ein paar Tage relaxen, aber kaum ist sie da, gibt es zum Frühstück eine Leiche. Und damit nicht genug! Ein brisantes Dossier aus den 30er-Jahren verschwindet. Das soll Aufschluss geben über geheime Kontakte des englischen Königs zu Hitler-Deutschland, und um das Dokument in die Finger zu bekommen, gehen manche Leute offenbar über Leichen. Was als Landhauskrimi beginnt, wird zur rasanten Jagd auf das Wendover-Papier, die kreuz und quer durch London führt.

Eine neue spannend-humorvolle Satire um die Topagentin Monique Meurisse.

Der Autor

D.G. Ambronn wurde am 3. Juli 1955 an der schleswig-holsteinischen Nordseeküste geboren. Er studierte Anglistik, Germanistik und Philosophie in Kiel und lebt auch heute noch im Norden, sofern er nicht gerade auf Reisen ist.

Mit Dass du in Venedig wärst *veröffentlichte er 2020 seinen ersten Roman, eine Hommage an Venedig und die Liebe. Es folgten weitere Romane und Sammlungen von Erzählungen und Kurzgeschichten.*

Weitere Bücher von D.G. Ambronn

– Dass du in Venedig wärst (Roman)
  Margherita und der dunkle Widerschein der Welt (Roman):
– 1. Teil: 1939-1940
– 2. Teil: 1941
– Und was ist mit Rosemarie? (Ein Kieler Kriminalroman)
– Unbezähmbare Gezeiten. (Ein Kieler Kriminalroman)
– Ein tierischer Fall für den Kommissar (Ein Kieler Kriminalroman)
– Eine irische Winterreise und andere Erzählungen und
     Kurzgeschichten
– Ein Reigen – Erzählungen und Kurzgeschichten
– Ausgewählte Erzählungen und Kurzgeschichten (Großdruck)
– Monique und die venezianische Vesper (Erzählung)

D.G. Ambronn

Monique und der siebte Rabe

Kriminalroman

Bibliografische Information der Deutschen Nationalbibliothek:
Die Deutsche Nationalbibliothek verzeichnet diese Publikation in
der Deutschen Nationalbibliografie; detaillierte bibliografische Da-
ten sind im Internet über http://dnb.dnb.de abrufbar.

© 2025 D.G. Ambronn
Verlag: BoD · Books on Demand GmbH, Überseering 33,
22297 Hamburg, bod@bod.de
Druck: Libri Plureos GmbH, Friedensallee 273,
22763 Hamburg

ISBN: 978-3-8192-9849-3

Nicht wer die Wahrheit schwört, wird begünstiget, noch wer gerecht ist,
Oder wer gut; nein mehr den Übelthäter, den schnöden
Freveler ehren sie hoch. Nicht Recht noch Mäßigung trägt man
Noch in der Hand; es verlezt der böse den edleren Mann auch,
Krumme Wort' aussprechend mit Trug, und das Falsche beschwört er.

Hesiod, Erga (ca. 700 v. Chr.)
Vers 190-194
Übersetzung: Johann Heinrich Voß

*Alle Anspielungen auf andere Werke aus
Literatur, Musik, bildender Kunst,
Malerei, Film und Fernsehen und aus allen
anderen Künsten und Wissenschaften sind* **NICHT**
*zufällig und ausschließlich zur Belustigung
der Leserinnen und Leser da.*

I

Monique konnte die Umgebung immer nur für wenige Sekundenbruchteile lang ungetrübt sehen. Dann verschwand alles sofort wieder hinter den Schlieren, die der Regen auf der Windschutzscheibe bildete. Verschleierte, diffuse Konturen, bis der Scheibenwischer einen kurzen Augenblick lang alles wieder klar und eindeutig erscheinen ließ. Es war eine herbstliche Landschaft da draußen. Die Bäume trugen kein Laub mehr, und die Welt sah grau aus. Sehr grau.

Sie hatte niemandem verraten, wo sie das Wochenende verbrachte. Das würde ihr eine Menge Ärger einhandeln, aber das war ihr im Augenblick egal. Jetzt sah sie megacoolen Wohlfühl-Tagen im Landhaus ihrer Freunde entgegen: im altehrwürdigen Salon am Kamin in saubequemen Möbeln herumlümmeln, so wie man es eines Tages vielleicht auch in Abrahams Schoß tun darf, mit den Gastgebern entspannt plaudern und in regelmäßigen Abständen leckeres Futter vorgesetzt bekommen. Und heute Nacht würde sie in einem Himmelbett schlafen und zwar in einem heimeligen Zimmer, das den Eindruck erweckte, als wären die letzten hundertfünfzig Jahre spurlos an ihm vorübergegangen. Dass Robert

Kime, der Starinnenausstatter, seine ganze Kunstfertigkeit aufgewandt hatte, um diesen Eindruck entstehen zu lassen, diesen Gedanken drängte sie sofort in den Hintergrund.

Ja, und morgen früh würde sie wunderbar ausgeschlafen aufwachen, sich noch ein wenig in die Kissen kuscheln, bis jemand ihr eine Tasse Tee ans Bett brachte. Noch schöner wäre natürlich eine ganz, ganz große Tasse Milchkaffee, aber an einem solch herrlichen Morgen würde sie sich mit dem philosophischen Gedanken trösten, man könne nicht alles haben im Leben; manchmal verlangt das Schicksal Zugeständnisse, so schwer sie einem auch fallen mögen. Später würde sie ein Bad nehmen. Reichlich verführerische Badesalze würden sicherlich zur Hand sein. Betört von deren Düften läge sie in der mitten im Raum freistehenden, altmodischen Badewanne im warmen Wasser. Ein wenig Dampf würde aufsteigen. Schwimmen würde sie wie ... ja, wie einst in der Fruchtblase im Mutterleib, in vollkommener Harmonie mit der sie umgebenden Welt und in absoluter Sicherheit einfach nur SEIN. Irgendwann würde sich eine leise Ahnung von Hunger bemerkbar machen. Zeit zu frühstücken. Vor ihrem inneren Auge sah sie sich selbst, wie sie aus der Wanne stieg, sich daraus erhob wie Aphrodite aus den Fluten. Ha! Genau so! Wie Aphrodite. Als hätte sie damals Botticelli Modell gestanden.

Als sie ihre Gedanken gerade auf ihr Frühstück richten wollte, Milchkaffee und zwei Brioches – Matsutani, der japanische Koch, kannte ihre Vorlieben und würde sicher extra für sie Brioches backen – just in jenem Moment, als sie gerade dabei war, die Tasse zum Mund zu führen und einen ersten Schluck Milchkaffee zu schlürfen ... da riss James sie aus ihren Träumen.

„Wie hat Ihnen eigentlich der Bahnhof von Bradford gefallen, Miss Meurisse?"

„Ein wunderschöner Bahnhof." Monique erinnerte sich eigentlich nur noch, auf dem Weg zum Wagen unter James' Regenschirm an einem blauen Fahrkartenautomaten vorbeigehastet zu sein. „Sehr modern und zweckmäßig."

James sah vor sich das in riesengroßen Buchstaben auf dem Asphalt geschriebene Wort SLOW und bremste den Mark 2 schärfer ab, als nötig gewesen wäre. Der Fahrer hinter ihnen hupte erbost. Erst nachdem James voller Konzentration die Rechts- und die sich anschließende Linkskurve gemeistert hatte, erwiderte er:

„Er wurde 1848 gebaut. Wunderschöner honigfarbener Kalkstein hier aus der Gegend. Sogenannter *Bath Stone*. Der wurde schon von den Römern verwendet."

„Was Sie nicht sagen, James!"

„Der Bahnhof wurde dann aber erst neun Jahre später eröffnet."

„Hielten die Züge denn vorher nicht in Bradford?"

„Es waren noch keine Gleise da." James schwieg einen Moment, um sein Missfallen über die schlechte Planung zum Ausdruck zu bringen. „Damals bekam der Ort übrigens auch den Namenszusatz *on-Avon*. Es standen einfach zu viele Bradfords im Fahrplan. Und auch eine neue Uhrzeit wurde eingeführt. Es war nämlich so …"

Monique genoss das Dahinplätschern von James' dozierender Stimme. Sie harmonierte so wunderbar mit dem Wisch-wasch-wisch-wasch des Scheibenwischers. Sie rätselte, ob das triste Grau der Beginn der Abenddämmerung war oder ob es schon den ganzen Tag so ausgesehen hatte. Entlaubte Bäume und Büsche bewegten sich auf sie zu, wurden immer größer und schneller, je näher sie kamen, wichen dann im letzten Moment nach links und rechts aus und ließen sie passieren. Monique war kurz davor einzunicken.

„Bis vor ein paar Jahren", fuhr James gnadenlos fort, „hatten wir noch eine Direktverbindung nach London. Da konnte man von Bradford nach Paris fahren und musste nur das eine einzige Mal im Bahnhof Waterloo umsteigen. Aber das ist leider nun vorbei."

James sagte das mit trauriger Stimme, und sie konnte seinen Kummer verstehen. Sie hatte vorhin recht lange in Salisbury auf dem Bahnsteig stehen und auf den Anschluss nach Bradford warten müssen. Und da sie nun im Nachhinein Trost fand im gemeinsamen Leid angesichts dieser Unbequemlichkeit, fielen ihr tatsächlich die Augen zu. Aber nur ein kleines Weilchen. Dann trat James schon wieder kräftig auf die Bremse. Sie waren bereits auf dem schmalen Feldweg, der zu ihrem Ziel führte.

Am Wegesrand stand ein Mann im Dress eines Tour-de-France-Teilnehmers, neben sich halb im Gebüsch eine geschrottete Rennmaschine. Wahrscheinlich, sagte sich Monique, ist er auf den Champs-Élysées falsch abgebogen und auf der Suche nach der Ziellinie mittlerweile hier angekommen. Ein fliegender Holländer der modernen Art sozusagen. Er war nicht mehr ganz jung, aber noch nicht in dem Alter, in dem man vom Zweirad auf den Rollator umsteigt. Der Radfahrer – oder sollte man ihn besser als ehemals Radfahrenden bezeichnen? Das Gerät, das ihn bis hierher gebracht hatte, würde von nun an seine Fortbewegung eher behindern als ihr förderlich sein – dieser Mensch also unterhielt sich mit einer kleinen Gestalt. War das ein Kind oder ein Erwachsener? Gehörte diese Person zu dem Wagen, der ein Stückchen entfernt stand und den Weg komplett versperrte?

„Oh Gott!", stieß James hervor. „Das ist Miss Civitella." Als die Schrecksekunde all den ungezählten anderen Sekunden ins Reich der Vergangenheit gefolgt war, ergänzte er etwas gefasster: „Aunt Lulu. Sie haben sie noch nicht kennengelernt, nicht wahr?"

Ohne ihre Antwort abzuwarten, stieg er aus.

„Guten Tag, Miss Civitella."

„Ah, James. Schön, Sie zu sehen."

„Wenn Sie mir gestatten, Ma'am, möchte auch ich meiner Freude über die unverhoffte Begegnung Ausdruck verleihen."

Die kleine Gestalt, die James Aunt Lulu genannt hatte und die eigentlich, wie Monique später erfuhr, auf den Namen Ludovica hörte (beziehungsweise nicht hörte), nickte gnädig. Sie war scheinbar eine Schwester von Methusalem. Oder vielleicht sogar dessen Großmutter. Monique war sich völlig sicher, noch nie ein so verrunzeltes Gesicht gesehen zu haben wie das ihre. Aber sie bewegte sich mit der Gewandtheit eines jungen Mädchens, und ihre Augen – das sollte Monique aber erst später feststellen – funkelten vor Lebendigkeit.

„Sie kommen jedenfalls wie gerufen, James", sagte die alte Dame.

„Da freut mich ungemein, Ma'am."

„Dieser junge Mann ist etwas ... indisponiert, und ich fürchte, ich bin an diesem Zustand nicht ganz schuldlos."

Der ehemals Radfahrende hatte das Gespräch wie der Zuschauer einer Tennispartie mit offenem Mund verfolgt.

„Indisponiert?", appellierte er jetzt an James. „Entschuldigen Sie, über den Haufen gefahren hat diese Dame mich. Sehen Sie nur, was sie aus meinem Rad gemacht hat."

James betrachtete das Häuflein Schrott höflich und schüttelte dann bekümmert den Kopf.

„In der Tat kein schöner Anblick. Ich hoffe, Sie haben keinen allzu weiten Weg mehr vor sich."

Der nicht mehr Radfahrende sah James irritiert an.

„Vielleicht", sagte Aunt Lulu, „sollten wir Sie zum Tee einladen, Mister ... Mister ..."

„Findlater. George Findlater."

„Meine Großmutter sagte immer, eine Tasse Tee kann über viele Unglücksfälle hinweghelfen oder ihnen doch wenigstens ihren Schrecken nehmen." Sie fixierte James. „Mrs Gorges wird sicher gerne bereit sein, Mr Findlater mit der Wohltat einer Tasse Tee über den Verlust seines Velos hinwegzuhelfen. Denken Sie nicht auch, James?"

„Ganz ohne Zweifel, Ma'am."

„Also Mr Findlater, kommen Sie. Ich nehme Sie mit."

„Und mein Fahrrad?"

„Darum kümmert sich Mr Finsburg-Stallard. Nicht wahr, das tun Sie doch, James?"

„Selbstverständlich, Ma'am."

Monique hatte den Eindruck, dass Findlater sich nur sehr ungerne von seinem Rad trennen wollte, und sei es auch nur, um nicht zu Aunt Lulu ins Auto steigen zu müssen. Aber schließlich fügte er sich in sein Schicksal. Es waren ja auch kaum mehr als 100 Meter bis zum Ziel.

2

Als James und Monique schließlich ankamen, waren die anderen bereits im Haus verschwunden. James hatte ja noch die demolierte Rennmaschine im Kofferraum des Jaguars verstauen müssen.

„Wir lassen Ihr Gepäck lieber im Wagen, Miss Meurisse, und nehmen erst einmal im großen Salon den Tee ein."

Dieser große Salon war eines der Prunkstücke des Landhauses, wenn auch nicht von der erhabenen Größe des mittelalterlichen Saals. Aber was ihm der Saal an Größe und sublimer Gediegenheit voraushatte, machte er wett mit seiner erlesenen Raffinesse. Da war vor allem der große Kamin, der im Verein mit seinem Sims wohl drei Meter oder mehr hoch und breit sein mochte und dessen Schmuck aus Halbsäulen, Figuren und anderen Ornamenten sofort die Blicke eines jeden, der den Raum zum ersten Mal betrat, auf sich zog. Dieses Menschen Blick würde sich dann bewundernd zur hohen, tonnenförmigen und mit Stuckaturen verzierten Decke erheben, um schließlich die mit dunklem Holz getäfelten Wände mit ihrem Schmuck aus Ölgemälden und großen Gobelins zu registrieren. Hier und da wurde die Täfelung durch helle, halbrunde Nischen aufgelockert, wo unter muschelförmigen Kuppeln Vasen mit herbstlichen Blumenarrangements aufgestellt waren.

Die wuchtigen Sitzmöbel hatten in ihrem langen Dasein sicher schon viel erlebt, selten aber wohl einen so ordinären Gast wie Mr Findlater. Als geradezu abstoßend mochten sie ihn empfinden, wenn auch nicht als Person an sich, sondern vielmehr aufgrund seiner sportiven Bekleidung, seiner obendrein und zu allem Überfluss *zerrissenen* sportiven Bekleidung, um den ihm anhaftenden Makel ganz offen und ohne falsche Scham beim Namen zu nennen.

Monique war sicher, dass Octavia Gorges nichtsdestotrotz in ihrer stoischen Selbstbeherrschung bei der Begrüßung über dieses Manko hinweggesehen hatte. Vielleicht hatte sie in einem kurzen Moment des Entsetzens die Augenbrauen wenige Millimeter in die Höhe gehen lassen, aber mehr hatte sie von ihrer tief im Innern empfundenen Qual auf keinen Fall preisgegeben. Während sie Mr Findlater lächelnd gebeten hatte, Platz zu nehmen, dachte sie wahrscheinlich an all das Getier, das die beiden Kinder früher aus Wald, Feld und Wiesen ins Haus angeschleppt hatten. Und jetzt, da sie glücklicherweise schon lange aus diesem Alter raus waren, kam Aunt Lulu mit diesem absonderlichen Vogel an.

Selbige Aunt Lulu, die von allen aus der Familie Gorges so genannt wurde, obwohl sie gar keine Tante war, sondern nur eine sehr entfernte Verwandte, hatte es sich bereits in dem Sessel, der den lodernden Flammen des Kaminfeuers am nächsten war, bequem gemacht. Als Monique hereinkam, war sie gerade mittendrin, einen überaus interessanten Bericht von dem unglücklichen Zusammentreffen mit Mr Findlater zum Besten zu geben, den sie nun leider unterbrechen musste.

„Wie schön, dass Sie gekommen sind", wurde Monique von Octavia begrüßt. „So lange haben wir Sie nicht gesehen. Wir haben Sie wirklich sehr vermisst. Linos wird sicher auch gleich kommen. Er führt gerade unsere Besucherin durchs Haus. Sind Sie mit den anderen ... Gästen schon bekannt gemacht worden?"

Just in diesem Augenblick erschien Linos Gorges mit einer jungen Dame im Schlepptau, und das vergrößerte die Zahl der notwendigen Vorstellungen erheblich. Als den gesellschaftlichen Usancen schließlich Genüge getan war, suchten sie sich alle einen Sitzplatz – alle, außer Aunt Lulu, denn die hatte von dem ihr altersbedingt zustehenden Vorrecht Gebrauch gemacht, die Prozedur sitzend über sich ergehen zu lassen. Tee wurde ausgeschenkt, und alle bedienten sich je nach Geschmack von den Sandwiches, den Scones oder den verschiedenen Kuchen. Monique nahm ein Gurkensandwich. Sie erinnerte sich, dass Octavia nie müde wurde zu erwähnen, dass Matsutani die Zubereitung dieser Spezialität perfekt beherrsche und seine Gurkensandwiches denen, die am britischen Königshof serviert wurden, in nichts nachstünden.

Linos Gorges, der gekleidet war wie ein Ausstellungsstück, das die Aufschrift trägt: *Typisches Beispiel für englischen Landhausstil* (Harris-Tweed-Sakko in dezentem olivgraugrün, meliert, mit roten und blauen Überkaros, eine dazu passende Weste und eine Wollkrawatte mit Tartanmuster) verschmolz gleich einem Chamäleon mit dem Interieur, was ihn nahezu unsichtbar machte – ein perfekter Gegenentwurf zu Mr Findlater – und führte sich gerade eine Schnitte vom Battenbergkuchen zum Munde, als er plötzlich innehielt.

„Wo ist eigentlich Alathea?"

„Möglicherweise hat sich unsere Tochter mal wieder in den unendlichen Weiten des Internets verlaufen", erwiderte Octavia.

James war trotz seiner erheblichen Leibesfülle im Nu auf den Beinen, um sie zu holen, aber mit einer kaum wahrnehmbaren Handbewegung gebot Octavia ihm Einhalt, und gehorsam setzte James sich wieder.

„Sie wird nicht verhungern. Außerdem stehen so die Chancen besser, dass sie sich später dazu aufrafft, zum Abendessen zu erscheinen. Wenn nämlich so ein komisches Geräusch in der Magengegend sie an die mit der Nahrungsaufnahme verbundenen fast vergessenen Bräuche der im Untergehen begriffenen Zivilisation erinnert, findet sie möglicherweise den Weg ins Esszimmer." Octavia wandte sich an die Dame, die mit Linos zusammen zum Tee gekommen war. „Und wo wir gerade von der untergehenden Zivilisation sprechen, wie gefällt Ihnen unser Haus, Miss Girdlestone?"

„Oh, wunderbar, ganz wunderbar", erklärte die junge Frau. „Ich bin Ihnen ja so dankbar, Ihnen und Mr Gorges, dass Sie so entgegenkommend waren, mich in Ihr Heim einzulassen. Meine Leser werden begeistert sein."

„Miss Girdlestone ist von der Presse", wandte sich Octavia an Aunt Lulu. „Sie schreibt für *Das Fröhliche Land-ei*."

„Oh, die Zeitschrift habe ich früher auch gelesen", erklärte die alte Dame begeistert.

„Früher?"

Miss Girdlestone machte ein etwas enttäuschtes Gesicht.

„Neuerdings lebe ich wieder in der Stadt. Nicht gerne, aber es hat seine Gründe. Wahrscheinlich würde ich Depressionen bekommen, wenn ich Ihre Zeitschrift immer noch lesen würde."

Monique musterte die Reporterin genauer. Ein Allerweltsgesicht, dem das kurz geschnittene und himmelblau gefärbte Haar ein wenig auf die Sprünge half, jung, ziemlich klein, aber sportlich und wohlproportioniert, was sie durch ihre Garderobe geschickt zu betonen wusste.

„Ach, wie traurig", brachte Miss Girdlestone ihr Bedauern über eine verlorene Leserin zum Ausdruck. Dann lächelte sie etwas geziert und griff mit spitzen Fingern nach einem Sandwich.

„Ich habe ja nur einen sehr flüchtigen Eindruck vom Haus", meldete sich Findlater zu Wort, „aber es scheint ein weitläufiges Gebäude zu sein."

„Ja, es sind, glaube ich, so etwa 25 Zimmer, das sogenannte *Butler's House* nicht mitgerechnet. „Aber gezählt habe ich sie noch nie", erklärte Linos und fügte dann wie entschuldigend hinzu: „Ziemlich groß, nicht wahr? Aber es erlaubt uns, Gäste zu beherbergen."

„Wie schön, wenn man nicht so beengt wohnt. Sie ahnen vielleicht gar nicht, wie gut Sie es haben", sagte Miss Girdlestone. „Ich muss in London jeden Monat ein Vermögen für die Miete hergeben und teile mir die armselige Bleibe auch noch mit jemandem."

„Wohnen Sie eigentlich schon lange hier?", fragte Mr Findlater, und sein Blick wanderte zwischen Octavia und Linus hin und her. „Ich hoffe, Sie nehmen mir meine Neugierde nicht übel."

„Keineswegs, Mr Findlater", erwiderte Linos lächelnd. „Warten Sie ... 2005. Ja, seit 2005 leben wir jetzt hier. Aber das ist bei einem 600 Jahre alten Gebäude natürlich keine lange Zeit."

„Frühere Bewohner haben sicher ihre Spuren hinterlassen, nicht wahr?"

„Auf jeden Fall."

„Ich meine, vielleicht haben sie auch Dinge hier zurückgelassen."

„Schon möglich. Auf unserem Dachboden, da mag manches Schätzchen unbemerkt von uns schlummern."

„Wie interessant", ergriff Miss Girdlestone wieder das Wort. „Den Dachboden haben Sie mir gar nicht gezeigt, Mr Gorges."

„Oh, er befindet sich quasi schräg über uns. Nicht über dem Salon hier, sondern über dem Esszimmer, wo wir nachher das Abendessen einnehmen werden. Oder korrekt gesagt: über dem kleinen Salon, der sich seinerseits über dem Esszimmer befindet."

„Aha."

„Aber warum fragen Sie nach den Hinterlassenschaften früherer Mieter, Mr Findlater?"

„Vielleicht denkt er an Lord Rothermere", kam Miss Girdlestone Findlater zuvor. „Es stimmt doch, dass der berühmte Pressetycoon hier auch einmal gewohnt hat, oder?"

„Ich vermute, Sie meinen *den* Lord Rothermere. Nein, der nicht, sondern sein Sohn, der zweite Viscount of Rothermere, hat hier gewohnt. Natürlich hat er das Presseimperium seines Vaters geerbt, aber eine so schillernde Persönlichkeit wie der war er nicht. Nach Kriegsende lebte dieser jüngere Lord Rothermere mit seiner Frau Anne einige Jahre lang hier. Anne war eine Enkelin des 11. Earl of Wemyss, und sie war damals eine der glamourösesten Erscheinungen in der besseren Gesellschaft. In jener Zeit war hier im Haus viel los, aber diese Zeit ging zu Ende, als die beiden sich scheiden ließen. Anne erwartete nämlich ein Kind und zwar von Ian Fleming."

„Von *dem* Ian Fleming?", fragte Miss Girdlestone.

„Ja, von dem James-Bond-Autor, das heißt dem späteren James-Bond-Autor. Die beiden haben nämlich geheiratet, und böse Zungen behaupteten, Fleming habe überhaupt nur angefangen, Romane zu schreiben, um das kostspielige Leben mit seiner Angetrauten finanzieren zu können."

„Hatte der junge Lord Rothermere auch die politische Einstellung seines Vaters geerbt?", fragte Findlater. „Der war doch ein glühender Anhänger der Faschisten, nicht wahr?"

„Eine Zeit lang hat er den Einfluss auf die Öffentlichkeit, den seine Zeitungen ihm ermöglichten, genutzt, um Oswald Mosley und die britischen Faschisten zu unterstützen, das ist wohl wahr, aber das muss man im Kontext seiner Zeit sehen. Die Machtergreifung der Kommunisten in Russland lag ja erst 15 Jahre zurück, und hier in England wusste niemand so recht, was dort wirklich vorging. Viele, gerade Intellektuelle, waren überzeugt, der Kommunismus würde den Menschen den Himmel auf Erden bescheren. Und die, die wie Lord Rothermere diese Meinung nicht teilten, versuchten alles, um zu verhindern, dass die kommunistische Revolution wie eine ansteckende Krankheit auch England befällt. Von den Italienern und von den Deutschen lernte man, dass der Faschismus ein probates Mittel dagegen sein konnte. Also setzen viele große Hoffnungen auf diese Ideologie. Bei Lord Rothermere kam noch ein persönliches Motiv hinzu. Er hatte zwei seiner drei Söhne im Ersten Weltkrieg verloren und wollte seinen ganzen Einfluss geltend machen, um einen erneuten Krieg zwischen England und Deutschland zu verhindern. Die Zahl derer, die noch an die Kraft der guten alten Demokratie glaubten, wurde folglich immer kleiner und kleiner. Man war entweder links oder rechts. Punktum. Ein Dazwischen gab es eigentlich kaum noch. Man könnte sagen, es war fast so wie heute, obwohl ich selbst eigentlich nicht daran glaube, dass Geschichte sich eins zu eins wiederholt."

„Nicht so wie in den Filmen von Polanski?", fragte Aunt Lulu und kicherte. „Ich sehe immer noch das arme Mädchen vor mir, ganz nackt unter lauter Schweinen, nur damit der Film zu Ende gehen kann."

„Ja, ich erinnere mich an diese Szene, aber ich teile Polanskis Auffassung überhaupt nicht." Linos ließ sich so leicht weder durch nackte Frauen noch durch Schweine vom Thema ablenken und kehrte zu den britischen Faschisten zurück. „Es war jedenfalls so ... damals ließ die Unterstützung für Oswald Mosley schnell nach, als den Menschen dämmerte, dass sich ein Krieg gegen das nationalsozialistische Deutschland wohl doch nicht vermeiden lassen würde. Auch Lord Rothermere wandte sich von Mosley ab. Er soll sogar, so heißt es, bei den Deutschen später auf der Liste derer gestanden haben, die nach einer Eroberung Englands sofort zu verhaften seien. Nun, diese Eroberung hat Gott sei Dank nie stattgefunden, und im Übrigen ist Lord Rothermere bereits 1940 gestorben."

Als Linos seine Ausführungen für einen Moment unterbrach, nahm Findlater noch schnell einen letzten Schluck Tee, dankte für die freundliche Aufnahme und erklärte, sie nun verlassen zu wollen. Ob man ihm ein Taxi rufen könne? Aber davon wollte Linos nichts wissen.

„Natürlich könnte James Sie und Ihr defektes Fahrrad nach Bradford fahren. Dort gibt es eine sehr gute Werkstatt, die Ihr Gefährt möglicherweise wieder in Schuss bringen kann. Aber heute ist Sonntag, da werden Sie dort nichts erreichen. Warum bleiben Sie nicht über Nacht hier und reisen morgen weiter? Sie sind herzlich willkommen, zumal ...“ Linus' Stimme erstarb in einem Murmeln, während er einen bezeichnenden Blick in Aunt Lulus Richtung warf.

Findlater zierte sich ein wenig, so wie es sich gehörte, dann nahm er die Einladung an. James wurde gebeten, Mr Findlater und auch Miss Girdlestone ihre Zimmer zu zeigen. Sicher würden sie sich vor dem Abendessen noch ein wenig erholen wollen. Auch Aunt Lulu zog sich zurück.

Monique blieb. Sie fühlte sich sauwohl in ihrem Sessel nahe am Kamin, denn der strahlte eine Hitze aus wie die Sonne im Hochsommer. Kaum waren die anderen zur Tür hinaus, entledigte sie sich ihrer Schuhe und zog die Beine zu sich hoch.

„Eins sage ich dir, Linos“, erklärte Octavia mit einem drohenden Unterton, „wenn dieser Findlater zum

Abendessen in einem zerrissenen Radfahrerjersey erscheint, dann ... also, ich will die Sache nicht unnötig dramatisieren, aber wenn er so erscheint wie beim Tee, dann passiert irgendetwas ganz Schlimmes, ja, etwas wirklich ganz Schlimmes." Octavia ließ es ihren Töchtern zwar durchgehen, wenn sie in Jeans zum Essen kamen, aber Toleranz hatte schließlich auch ihre Grenzen. „Kann ihm nicht jemand etwas zum Anziehen leihen?"

Obwohl Linus dem allgemeinen Sprachgebrauch zufolge einen Kopf kleiner war als Findlater, besaß er durchaus einen solchen, den er nun allerdings ratlos hin und her wiegte. Aber nicht nur Linos, auch James schied – der aufgrund seiner beträchtlichen Leibesfülle – aus als Bezugsquelle für eine Abendgarderobe, die die Mindeststandards gesellschaftlicher Schicklichkeit erfüllte.

„Mir wird etwas einfallen", murmelte Octavia. „Ich hoffe es jedenfalls."

Und Octavia war etwas eingefallen.

3

Von wegen Internet!

Alathea lümmelte ganz brav in einem behaglichen Sessel am Kamin, in den Händen einen Stapel zusammengebundenen Papiers, der zur Gattung der Bücher gehörte.

„Hallo, Kleines. Was liest du Schönes?"

„Oh, Monique." Alathea sprang auf, und sie umarmten sich. „Du bist schon da? Wie spät ist es denn?"

„Das Buch ist also so interessant, dass du darüber die Zeit und mich gleich mit vergessen hast."

„Ach, Unsinn. Es ist nichts Besonderes." Alathea machte eine wegwerfende Handbewegung. „Aber echt toll, dass du endlich mal wieder da bist. Dein letzter Besuch ist schon so lange her."

Alathea nötigte ihre Besucherin, in ihrem Sessel Platz zu nehmen und zog sich selbst einen Stuhl an den Kamin. Sie hatten sich kennengelernt, als Alathea fünfzehn und Monique mit ihren Anfang zwanzig unendlich viel älter war. Im Laufe der folgenden zehn Jahre war der Altersunterschied immer geringer geworden, auch wenn dies auf den ersten Blick den Grundrechenarten zu widersprechen scheint. Aber nicht um diesem Paradoxon zu trotzen, sondern aus alter Gewohnheit redete Monique die andere immer noch mit *Kleines* an.

Als die Besucherin sich umsah, wurde ihr bewusst, dass die zehn Jahre auch in diesem Raum ihre Spuren hinterlassen hatten. Aus der wüsten, schrecklich unaufgeräumten Jungmädchenkemenate war mittlerweile ein Zimmer geworden, das der Freude der Bewohnerin an einem behaglichen Ambiente Ausdruck verlieh.

Die beiden jungen Frauen hatten sich viel zu erzählen. Nach einer Weile kamen sie auf Alatheas kleine Schwester zu sprechen.

„Studiert Debs immer noch in Bristol?"

„Ja. Und nein. Sie wohnt immer noch dort und angeblich studiert sie. Irgendwas mit Biologie und Ökologie oder so. Aber ..."

Alathea ließ den Satz in einem Schulterzucken enden.

„Und ihr Liebster? Sind sie immer noch zusammen?"

„Nein. Und das ist gut so. Das war ein bescheuerter Typ. Sie fällt halt immer auf solche Leute rein, und ich kann ja nicht ständig auf sie aufpassen. Sie glaubt an das Gute im Menschen, das Dummerchen."

„Das tust du doch aber hoffentlich auch, oder?"

„Ja, auf eine bestimmte Weise schon. Aber ich meine, es ist nicht automatisch da, das Gute, und bei manchen Menschen ist es halt sehr anstrengend und auch sehr zeitaufwendig, es rauszukitzeln. Es ist so anstrengend und zeitaufwendig, dass ich manchmal überlege ich, ob es nicht einfacher wäre, statt die Menschen verändern zu wollen, lieber die Welt, in der sie leben, zu ändern. Wir haben es in der Wissenschaft weit gebracht. Wir wissen viel über die natürlichen Habitate der Flora und Fauna, über artgerechte Haltung unserer Haustiere und der Tiere im Zoo. Warum versuchen wir nicht einfach, auch den Menschen in einer Umgebung leben zu lassen, in der er sich frei entfalten kann, ohne gegen irgendwelche Vorschriften zu verstoßen? Jetzt ist es so, wir denken uns hehre Regeln aus, die wir für ach so toll und vernünftig halten, und anschließend mühen wir uns bis zur Verzweiflung damit ab, den Menschen so zurechtzustutzen, dass er in diese schöne neue Welt reinpasst. Ich sage dir, es ist der entsetzlichste Irrtum unserer Zivilisation, der Mensch wäre etwas Besseres als alles andere auf der Welt. Nein, auch wir sind nur ein Teil des Tierreichs. Oder der göttlichen Schöpfung, wenn du es lieber so formulieren möchtest. Mag ja sein, dass uns Gott zu seinem Bilde erschaffen hat, aber wir sind eben nur sein Abbild, und das macht uns noch lange nicht zu Göttern. Und weil wir folglich Teil der Natur sind, fordere ich einfach mal ganz direkt: Schluss mit der Massenmenschhaltung! Auch die Menschen haben ein Recht darauf, artgerecht existieren zu dürfen, und nicht nur die Schweine und die Kühe."

Was diese junge Frau sich für sonderbare Gedanken machte. Das, dachte Monique, passiert, wenn sie tagein, tagaus irgendwo auf dem Land vor sich hinleben und nichts anderes zu tun haben, als nachzudenken. Oder zu lesen.

„Erzähl doch mal, was ist das, was du gerade liest?", fragte Monique misstrauisch.

„Ich sag doch, nichts Besonderes. *Eine Dame verschwindet* von Ethel Lina White."

„Oh, ein Kriminalroman. Du studierst also die menschliche Natur, so wie sie sich dem unvoreingenommenen Beobachter präsentiert? Sozusagen in freier Wildbahn?"

„Hin und wieder. Ich finde es interessant, wozu Menschen imstande sind. Ich meine die Verbrecher."

„Aber das ist doch alles nur ausgedacht", sagte Monique und lachte.

„Mag sein, aber dann sagt es etwas darüber, was sich Menschen *auszudenken* imstande sind. Und das ist doch letztendlich dasselbe, oder? Aber ganz abgesehen davon haben diese Romane etwas sehr Beruhigendes, weil am Ende der Verbrecher gefasst und bestraft wird."

„Auch nur erfunden. Im wahren Leben kommen sie meist ungeschoren davon."

„Genau. Und deshalb haben Krimis etwas Therapeutisches. Sie heilen die tiefen Wunden, die die Wirklichkeit wie ein scharfes Schwert unserer Seele zufügt. Das ist der Unterschied zwischen mir und meiner kleinen Schwester. Sie führt einen verbissenen Kampf für die Gerechtigkeit und für das Gute, und obwohl sie immer wieder enttäuscht wird, macht sie unbeirrt weiter. Ich hingegen weiß, dass ich einen solchen Kampf nicht gewinnen könnte und flüchte mich in solch therapeutische Literatur."

„Welch düsteres Bild von der Welt und den Menschen. Das kommt alles nur davon, dass du hier herumsitzt und den ganzen Tag lang grübelst. Wie steht es denn eigentlich um dein Liebesleben? Wenn du dich hier verkriechst, lernst du bestimmt keine netten Typen kennen. Oder irre ich mich etwa?"

Alathea schnaubte verächtlich.

„Da ich keine Nanna und keine Antonia habe, die sich Gedanken über meine Zukunft machen, probiere ich halt alles durch. Und fange mit Nummer eins an."

„Oh, den göttlichen Aretino hast du also auch gelesen? Bist du dafür nicht noch ein bisschen zu jung, Kleines? Das ist doch nur für Erwachsene. Aber da das Unglück nun mal geschehen ist, wann kommen wir denn zur Nummer zwei? Höre ich schon die Hochzeitsglocken läuten, wenn auch nur in großer Ferne?"

Beide lachten sie.

„Und dann? Und dann?", platzte es glucksend aus Alathea heraus.

„Ja, dann!", stieß Monique hervor, und sie bogen sich vor Gelächter. Wie zwei Kinder schnitten sie abwechselnd Grimassen und eine jede löste neues Gewieher aus. Es dauerte eine ganze Weile, bis ihre Heiterkeit abebbte.

„Ach, das muss eine wilde Zeit gewesen sein", meinte Alathea schließlich. „Damals in Venedig."

Monique schmunzelte.

„Da bin ich vor gar nicht allzu langer Zeit gewesen."

„Was? Du warst in Venedig? Und du hast mir keine Ansichtskarte geschickt?" Alathea schüttelte vorwurfsvoll den Kopf. „Urlaub?"

„Oh nein, in Venedig war ich nicht zu meinem Vergnügen. Nicht so wie hier." Bei diesen Worten reckte und streckte Monique sich genüsslich wie eine Katze auf einem heimeligen Sofakissen. „Hier bin ich ja ganz und gar zu meinem Vergnügen."

4

Als es Zeit für das Abendessen war, ließ Gosia, das polnische Dienstmädchen, den weithin hörbaren Gong ertönen, und nach und nach trudelte man im Esszimmer ein. Als Monique ankam, standen die anderen mit einem Aperitif in der Hand zwanglos in der Nähe des Kamins und plauderten. James fragte sie, was sie trinken wolle, und sie entschied sich für einen Zaza, denn das war Gin mit Dubonnet, also England und Frankreich vereint in einem Glas, und das fand Monique sehr passend.

„Ein Drink einer Königin würdig", sagte James mit etwas altmodisch anmutendem Charme, meinte aber wahrscheinlich nur, dass Elizabeth II. eine Vorliebe für diesen Aperitif gehabt hatte.

Monique sah sich um. Es waren fast alle da. Sogar Alathea. Einzig Findlater fehlte noch. Lange brauchten sie aber nicht mehr zu warten, und als er kam, waren sie alle schwer beeindruckt.

Er trug eine schwarze Jacke, die vorne offen war und darunter etwas, das eine Art schwarzer Morgenmantel zu sein schien. Die beiden Hälften der Jacke wurden von weißen Bändern zusammengehalten, die sich in der Mitte zu einem großen weißen Bommel zusammenfanden.

Untenherum steckte Findlater in einem grau-weiß gestreiften, plissierten Rock – oder war es ein Hosenrock? – und noch weiter unten trug er weiße Socken und weiße Zori-Sandalen. Mit einem Wort: Er sah aus wie ein Samurai in seinem besten Sonntagsstaat.

Na klar, dachte Monique. Octavia hatte Matsutani gebeten, Findlater irgendetwas zum Anziehen zu geben, etwas, das er beim Abendessen anstelle seines zerfetzten Sportdresses tragen konnte, und Matsutani hatte ihn mit der todschicken, traditionellen Abendgarderobe eines Japaners ausgestattet. Sicher hatte er das sogar gerne getan. Monique wusste, dass Japaner eine kleine Schwäche dafür hatten, wenn sich Westler für ihre kulturellen Errungenschaften interessierten und diese zu schätzen wussten. Sie selbst hatte davon profitiert, denn Matsutani hatte ihr eine ganze Reihe nützlicher Kampftechniken beigebracht, die er seinerseits in jungen Jahren in seiner Zeit als Sumoringer erlernt hatte. Diesen Sport hatte er leider aufgeben müssen, weil er einfach nicht dick wurde, egal, wie viel er in sich hineinstopfte. Also hatte er das Nächstliegende getan und war Koch geworden. In dieser Disziplin hatte er es dann zu wahrer Meisterschaft gebracht. Alles, was aus seiner Küche kam, war köstlich oder wie die Japaner sagen würden: *oishī*.

Aber wie hatte Octavia Mr Findlater dazu gebracht, sich derart zu verkleiden? Nun vielleicht war der Widerstand gar nicht so groß gewesen. Er machte zwar einen etwas befangenen, aber keineswegs unglücklichen Eindruck in seiner feinen Garderobe.

Aunt Lulu war förmlich aus dem Häuschen.

„Welch eine Eleganz! Wissen Sie, an wen Sie mich erinnern, Mr Findlater? An den großen Toshirō Mifune. Ich hätte so gerne einmal an seiner Seite vor der Kamera gestanden. Diese Männlichkeit, diese Wildheit im Blick und dazu seine reibeisenraue Stimme, diese dynamischen Bewegungen. Was für ein Mann! Ach, mir fehlen die Worte, um angemessen von ihm reden zu können. Glauben Sie mir, ich habe Machiko Kyō immer beneidet! Auch wenn sie möglicherweise von ihm vergewaltigt worden ist. Obwohl wir das ja nicht wissen, weil alle etwas anderes erzählt haben. Aber es war ja sowieso nur ein Film. Da kann so was schon mal vorkommen. Meinen Sie nicht auch?"

Findlater verneigte sich linkisch, wusste aber nichts zu erwidern. Vielleicht interessierte er sich nicht für japanische Kinofilme.

„Nun", erklärte Linos an seiner Stelle, „am Ende ist sie doch auch gar nicht so wichtig, die Antwort auf die Frage nach der Wahrheit, der letzten Wahrheit. Sehen Sie hier diese Inschrift, Mr Findlater: *Mors rapit omnia.*"

Im Esszimmer gab es einen ähnlich prächtig ausgeschmückten Kaminsims wie im großen Salon, nur konnte er nicht ganz so hoch sein wie jener, denn dieser Raum war deutlich niedriger. Im Zentrum dieses Simses war ein Äffchen und darunter stand der von Linus zitierte Spruch.

„*Am Ende reißt der Tod alles an sich*", übersetzte Linos, der es liebte, seine Gäste über die Sehenswürdigkeiten des Hauses aufzuklären. „Wegen dieses Mottos wird der Raum hier von alters her auch das Todeszimmer genannt."

„Aber dadurch sollten wir uns jetzt nicht den Appetit verderben lassen", unterbrach Octavia kühl. „Ich glaube, alle sind jetzt da. Wir sollten also Platz nehmen."

Sie komplementierte alle auf den jeweiligen Platz, den sie ihnen im Geiste zugedacht hatte.

„Das erinnert mich an Samantha Smith-Cobblestone", sagte Aunt Lulu. „Wir sind zusammen zur Schule gegangen. Immer wenn mein Unterrock unter dem Rocksaum hervorguckte, sagte sie zu mir ,Charlie ist tot'. Dann wusste ich, dass ich ganz schnell irgendwohin verschwinden musste, um diskret meine Kleidung zu richten. Man bekam sonst Ärger mit den Lehrerinnen, wenn man unzüchtig gekleidet war. Sagt man das heute auch noch, dass mit dem ,Charlie ist tot'?" Aber sie wartete gar nicht auf eine Antwort. „Jedenfalls ist sie schon seit vielen Jahren tot. Ich meine Samantha Smith-Cobblestone. Sie hatte drei Kinder. Oder waren es sogar vier? Die hießen alle Perry, weil sie nämlich mit einem Vikar der Kirche von England verheiratet war, und der hieß so. Das war früher so üblich, dass alle so hießen, die Ehefrau gleich nach der Hochzeit und die Kinder etwa später ... Was wollte ich gerade erzählen? Ach ja, Reverend Perry sagte immer, dass es sich nicht lohnt, Angst vor dem Tod zu haben. Je näher der Tod, desto näher ja auch das Reich Gottes. Und glauben Sie mir, ich bin ja, wenn Sie so wollen, Expertin für den Tod." Sie kicherte. „Nicht dass ich schon tot wäre, auch wenn manche meinen, ich sähe so aus. Aber der Tod steht jetzt schon so manches Jahr hinter mir und möchte auch mich an sich reißen, und auch wenn ich seinen Atem im Nacken spüre, bisher ist es ihm nicht gelungen. Und darum jagt er mir mittlerweile auch keine Angst mehr ein."

„Recht hast du, Tantchen", rief Alathea. *Tod, wo ist dein Stachel? Hölle, wo ist dein Sieg?* Darauf sollten wir trinken."

Alle hoben ihr Glas und Linos murmelte:

„Auf das Leben." Als er das Glas wieder abgesetzt hatte, wies er mit dem Arm auf ein Porträt neben dem Kamin hin. Es zeigte eine junge Frau mit keckem Lächeln und Korkenzieherlocken.

„Das ist, so vermuten wir jedenfalls, eine der Mätressen von König Charles II. Manche behaupten, nach dessen Tod hätten seine zahlreichen Gespielinnen ihrer Trauer Ausdruck verliehen, indem sie ihre Unterröcke hervorscheinen ließen. Darauf soll das mit dem ‚Charlie ist tot' zurückgehen."

„Nun, von solch bürgerlichen Zwangsvorstellungen haben wir uns mittlerweile glücklicherweise befreit", sagte Miss Girdlestone. „Jedenfalls was die Unterröcke angeht."

„War es nicht Madonna, die Ihre Generation davon befreit hat?", fragte Octavia mit leichtem Spott in der Stimme. „Jedenfalls was die Unterwäsche angeht."

„Es gab viele Frauen, die sich um die Befreiung ihrer Geschlechtsgenossinnen vom patriarchalischen Joch verdient gemacht haben."

„Sicher."

„Und das Bild", mischte sich Findlater ein, „hat das Peter Lely gemalt?"

„Ja, zumindest gehen wir davon aus."

„Er hat viele der Mätressen von Charles II. porträtiert, nicht wahr?"

„Oh ja."

„Schlimm, dass so viele sich auf ihn eingelassen haben", meinte Miss Girdlestone. „Ich meine, auf Charles II. Aber wahrscheinlich nicht freiwillig, vermute ich."

„Was für ein Fortschritt, dass es für Edward VIII. nur eine Frau in seinem Leben gab, nämlich Wallis." Mit diesem Einwurf führte Findlater die Diskussion wieder zurück zu dem Thema, das sie beim Tee beackert hatten. „Edward war auch sehr beharrlich in seiner Zuneigung zu den Nazis, nicht wahr?"

„Ohne Zweifel", erwiderte Linos. „Was für ein Glück für England, dass er abgedankt hat, um die holde Mrs Simpson zu heiraten. Die Regierung war sicher sehr erleichtert. Sein Bruder George füllte die Rolle als König im Krieg gegen die Deutschen viel, viel besser aus."

„Viel hat sich seit jener Zeit nicht geändert", bemerkte Miss Girdlestone spitz. „Auch heute schießt man sich ins Abseits, wenn man als Prinz eine geschiedene Amerikanerin heiratet."

Monique wunderte sich, dass beide, Findlater und Miss Girdlestone, so ein hartnäckiges Interesse an den Tag legten an dem, was vor 90 Jahren geschehen war. Hätte sie hellseherische Fähigkeiten besessen, hätte sie sich nicht gewundert. Monique besaß zwar einen sechsten Sinn, der sie bei Gefahr schon das eine oder andere Mal vor Ungemach für Leib und Leben behütet hatte, aber im Alltag, wenn sie außer Dienst war, pflegte jener Sinn sich ein Beispiel an seiner Besitzerin zu nehmen und sich auch auf die faule Haut zu legen. Und so konnte sich Monique jetzt auch keinen Reim auf das Verhalten der beiden machen.

„Ach, der arme König", seufzte Aunt Lulu. „So unsterblich verliebt, und alle waren gegen ihn."

„Damals hatte man noch hohe Anforderungen an einen König, und verkehrt war es nicht", warf Octavia etwas herzlos ein.

„Leidest du denn nicht auch ganz furchtbar, wenn du von seinem Schicksal hörst?" Aunt Lulu schien fast den Tränen nahe. „Er hat der Stimme seines Herzens gehorcht. Ach, diese große Liebe. Ist es nicht furchtbar, dass sie ihm die Königin seines *Herzens* aus der Brust reißen wollten? Welch ein *Frevel*! Das erinnert mich an Prometheus. Dem wollten sie doch auch irgendwas aus der Brust reißen, nicht wahr?" Aunt Lulu sah sich hilfesuchend um. „James, Sie wissen doch immer solche interessanten Details. Wo ist dieser Prometheus doch gleich nochmal König gewesen? Ach, ich werde langsam vergesslich. War er nicht König von Transsylvanien?"

„Nun ... nicht direkt Transsylvanien."

„Sondern?"

„Genau genommen war er kein König. Aber davon abgesehen, haben Sie vollkommen recht, Ma'am. Die Leber. Wenn Sie mir diese Bemerkung gestatten."

„Die Leber? Meinen Sie, es liegt an der Leber, dass ich so vergesslich bin?"

„Die ihm herausgerissen wurde, Ma'am. Dem Prometheus."

„Ahhh, ja ... die Leber. Jetzt erinnere ich mich wieder. War es nicht einer von den Raben aus dem Tower, der ihn so übel zugerichtet hat?"

„Ein Adler."

„Ein Adler, sagen Sie?" Aunt Lulu sah James einen Moment zweifelnd an, dann ließ sie die Mundwinkel sinken. „Ach, wahrscheinlich haben Sie wieder einmal recht. ... Aber sind Sie *wirklich* sicher, James, dass sie im Tower auch *Adler* haben? Ich dachte immer, sie hätten da nur diese sechs Raben, die den Glitzerkram bewachen, den der König dort hortet."

James kapitulierte und flüchtete sich in eine nichtssagende Handbewegung, und so kam Linos seinem Sekretär zur Hilfe und sagte, das kleine Intermezzo ignorierend, zu Miss Girdlestone:

„Ich halte es für wahrscheinlich – aber das ist wirklich nur meine persönliche Meinung – dass Edward in Wirklichkeit nicht wegen seines Liebeslebens zur Abdankung gezwungen wurde. Ich denke, das war nur ein Vorwand. Durch seine Bewunderung für Hitler und den Nationalsozialismus war Edward einfach ein Sicherheitsrisiko. Ende 36 hatte die britische Regierung längst schon Deutschland als größte Bedrohung des Empire ausgemacht. In Edwards Bruder sah die damalige Regierung einen zuverlässigeren Regenten, vielleicht auch jemanden, der leichter zu lenken war. Da kam die Sache mit Wallis Simpson gerade recht, um Edward loszuwerden."

„Interessant, was Sie da sagen, Mr Gorges. Meinen Sie, sein Kokettieren mit dem Faschismus ging wirklich so tief?", fragte Findlater.

„Nun, wenn man dem deutschen Diplomaten Zech-Burkersroda glauben darf, hat Edward sogar militärische Geheimnisse an die Nazis verraten."

„Das ist ja allerhand."

„Edward hat diese Vorwürfe allerdings bestritten."

„Wenn sie Beweise gehabt hätten, dann wäre Edward wahrscheinlich Charles I. aufs Schafott gefolgt, und England wäre heute eine Republik", ergänzte Octavia nüchtern.

Miss Girdlestone lächelte verträumt ob dieser Worte.

„Wenn ich auf die eben heraufbeschworenen Raben zurückkommen darf, solange sechs von ihnen im Tower leben, heißt es, wird die Monarchie nicht untergehen", meinte Linos lächelnd.

„Gilt das auch umgekehrt?", fragte Aunt Lulu besorgt. „Wenn jetzt zum Beispiel jemand Böswilliges den Raben was ins Futter tut. Man glaubt ja gar nicht, wie herzlos manche Menschen im Umgang mit Tieren sind. Als ich noch klein war, da war ja gerade Krieg und wir hatten einen Kater und außerdem waren Lebensmittel rationiert. Nur Brot nicht, weil die Regierung Angst hatte, die Menschen würden dann nicht mehr gegen Hitler kämpfen wollen. Das ist ja auch gar nicht so leicht, mit leerem Magen in den Krieg zu ziehen. Ich glaube, früher gehörte der Brotsack zur Grundausstattung eines Soldaten. Napoleon soll deshalb sogar gesagt haben, eine Armee marschiere auf ihrem Magen. Andererseits, wer weiß, ob die da immer Brot drin gehabt haben in dem Brotsack. Im letzten Krieg haben die Leute oft auch ihre Gasmaske gar nicht dabei gehabt, sondern da, wo sie drin sein sollte, was anderes reingetan. So als wäre es eine Handtasche. Ich mochte diese Dinger auch nicht ... Danke, gerne."

Linos hatte Aunt Lulu Wein angeboten, um ihren Redefluss zu unterbrechen.

„Was wollte ich gerade sagen? Ach, ich habe es vergessen. So was Dummes. Oh, was haben wir denn da?"

Gerade war von Gosia der Hauptgang aufgetragen worden, teuflischer Fasan.

„Das kennt man ja heute kaum noch, aber es war eines der Lieblingsgerichte meines Großvaters", sagte Aunt Lulu vor Freude strahlend. „Und ich habe gelesen, es ist auch das Lieblingsgericht von Prinzessin Anne."

Monique betrachtete die große Platte, auf der der teuflische Fasan daherkam, etwas skeptisch, obwohl ... wenn Matsutani es zubereitet hatte, konnte es eigentlich keine Beleidigung eleganter französischer Geschmacksnerven sein. Alathea bemerkte ihre zögerliche Haltung.

„In der Mitte das sind die Brüste und zwar in einer milden, aber verdammt fetten Mango-Chutney-Sauce. Wenn du es scharf magst, musst du von den Keulen in der Curry-Sauce nehmen, die außen liegen.

Monique dankte für den Tipp. Auch Findlater und Miss Girdlestone hatten Alathea aufmerksam zugehört. Die Journalistin hatte wahrscheinlich erwogen, das Gericht angesichts des royalen Gütesiegels zu verschmähen, aber die Erwähnung von Mango Chutney mochte sie wieder gnädiger gestimmt haben. Außerdem gab es neben verschiedenen Sorten Gemüse Reis als Beilage. Also in politischer Hinsicht alles mehr oder weniger koscher. Bis auf den Fasan natürlich. Dabei gab es Wild inzwischen sicher auch schon auf pflanzlicher Basis. Es gab schließlich auch veganen Wildreis.

Die allgemeine Unterhaltung litt vorübergehend, denn alle gaben sich ganz und gar den teuflischen Genüssen hin. Dazu prasselte im Kamin ein lustiges Feuer, die Kerzen auf dem Tisch und in den Haltern an den Wänden verbreiteten eine heimelige Atmosphäre, und weil die Holzläden vor den Fenstern den Blick nach draußen versperrten, vergaßen sie sogar das grässliche Herbstwetter.

Monique hätte gerne noch etwas Süßes zum Abschluss genascht, aber es gab nur Obst und Nüsse und verschiedene Sorten Käse und dazu Portwein und ganz zum Ende Cognac und Mokka. Als Monique sich zur Nacht auf ihr Zimmer begab, musste sie sich dennoch eingestehen, rundum satt und zufrieden zu sein. Sie würde sicher wunderbar schlafen, sagte sie sich. Aber das war leider ein Irrtum.

5

Monique lag in ihrem Himmelbett und ließ noch einmal anerkennend den Blick umherschweifen. Wirklich todschick dieser mit Schnitzereien versehene Baldachin über ihr, den vier wuchtige, gedrechselte Säulen trugen. Sie konnte sich gar nicht sattsehen daran. Und auch die übrige Einrichtung des Zimmers war im Stil der guten alten Zeit gehalten. Da gab es sogar einen Waschtisch mit einer Schüssel und einem Krug voll Wasser. Kaltem Wasser. War das alles typisch 19. Jahrhundert, überlegte Monique, oder noch älter? Sie begann zu philosophieren. Offensichtlich liebten es die Menschen, sich mit Zeugnissen vergangener Epochen zu umgeben, so als würde die Vergangenheit ihnen Geborgenheit vermitteln. Lag das daran, dass man wusste, wie es danach weiterging? Die Gegenwart war in der Hinsicht so ganz anders, weil das, was kommen würde, noch im Dunkeln lag und die Zukunft auch eine ganz schreckliche werden könnte. Ungewissheit lässt selten ruhig schlafen, sagte sich Monique. Und dann philosophierte sie über das Philosophieren. Solches Denken, das vielleicht nicht sinnlos, aber auf jeden Fall nicht auf die Lösung drängender Probleme gerichtet war, entsprang es nicht einem mit Wein und gu-

tem Essen gefüllten Magen? Ganz bestimmt philosophierte niemand, wenn er hungrig oder durstig war.

An diesem Punkt angekommen, führte Monique dann
allerdings ihre Erkenntnis selbst ad absurdum, indem sie
trotz des exzellenten Abendessens das Licht löschte, um
sich Morpheus in die Arme zu werfen. Aber der ließ sie
noch ein wenig zappeln. Also lauschte sie auf das Toben
des Windes draußen. Was tagsüber nur ein herbstlicher
Regentag gewesen war, hatte sich jetzt in eine stürmi-
sche Nacht verwandelt. Durch dieses Wüten der Natur-
gewalten empfand sie es noch mal so schön, kuschelig
weich unter der wärmenden Bettdecke zu liegen. Immer
wieder schlugen Zweige gegen ihr Fenster. Das Zimmer
befand sich im ersten Stock, und sie erinnerte sich, dass
draußen üppig wuchernde Wisteria an der Hauswand bis
ans Dach emporrankte.

Sie öffnete noch einmal die Augen und sah zum Fenster hin, aber da war wegen der Vorhänge nichts zu erkennen. Ein kaum wahrnehmbarer rötlicher Schein erhellte den Raum. Der kam von der letzten Glut im Kamin, aber man konnte eigentlich gar nicht von *erhellen*
sprechen, der Lichtschein war so schwach, dass er die
Dunkelheit eher noch betonte.

Monique seufzte vor Behagen, und mit einem Lächeln
auf dem Gesicht schlief sie endlich ein.

Ein lautes Scheppern riss sie aus dem Schlaf. Sie hatte
das Gefühl, nur wenige Sekunden weggewesen zu sein.

Jetzt war wieder alles still. Selbst der Sturm draußen schien einen Moment lang die Luft anzuhalten und zu lauschen. Monique rätselte, was für ein Geräusch genau sie geweckt hatte. Hatte es nicht nach Metall geklungen? Metall auf Stein? Dann kam ihr die Erleuchtung. Während hier oben auf dem Gang Bilder an den Wänden hingen, verzierten unten im Erdgeschoss allerlei unnütze Dinge den Korridor, Dinge, für die die Gorges scheinbar keine rechte Verwendung hatten: alte Schwerter, Armbrüste, Dolche, derartiges Zeug halt. Möglicherweise war davon etwas auf den Steinfußboden gefallen. Ja, genauso hatte es geklungen. Ob dort unten jemand umhergeisterte? Im Dunkeln möglicherweise? Natürlich konnte es eine ganz harmlose Erklärung dafür geben.

Monique starrte zur Tür ihres Zimmers. Durch einen Spalt unter der Tür sah sie einen Lichtschein. Mal stärker, mal schwächer. Von einer Taschenlampe, schoss ihr durch den Kopf. Trieb sich der Poltergeist jetzt hier herum? Dann war der Lichtschein verschwunden und kam nicht wieder.

Monique hätte die Augen schließen und weiterschlafen können, aber ihr sechster Sinn war jetzt hellwach. Sie überlegte, wer in welchem Zimmer nächtigte. Die Familie Gorges wohnte im Nordflügel jenseits des Saals, Matsutani und Gosia in einem Nebengebäude. Im Südflügel waren nur Gäste untergebracht. Das heißt, auch James hatte hier auf diesem Flur sein kleines Reich, zwei miteinander verbundene Zimmer, ein Schlafzimmer und einen Salon, der gleichzeitig Arbeitszimmer war. Er hatte sie bei einem früheren Besuch mal dorthin zum Tee eingeladen. Direkt darunter waren das Arbeitszimmer von Linos Gorges und die Bibliothek. Soviel wusste Monique, aber sie hatte keine Ahnung, wo Miss Girdlestone einquartiert war, wo Aunt Lulu und wo Findlater. Sie wusste nicht einmal, wer oben und wer unter.

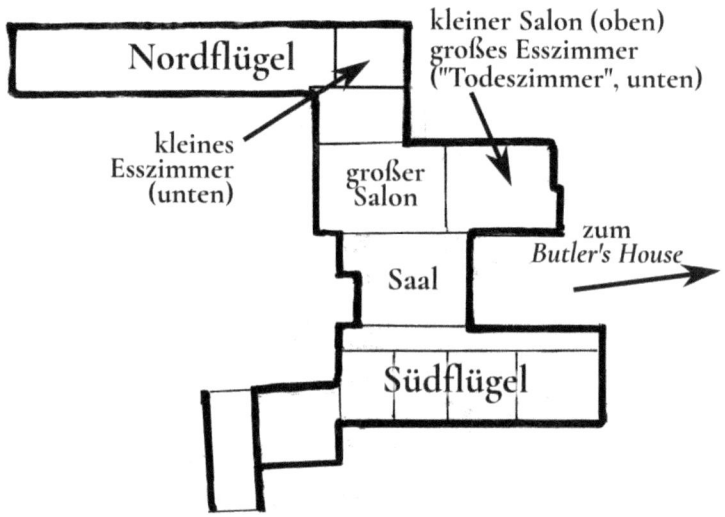

Sie zögerte. Aber dann schlug sie die Decke entschlossen zurück und stand auf. Hastig zog sie sich das Nötigste an und schlich hinaus auf den Flur. In diesem Augenblick musste der Mond für einen Moment hinter den über den Himmel dahinrasenden Wolken hervorgekommen sein. Durch die Fenster drang genug Licht, um Monique erkennen zu lassen, dass hier auf dem Flur niemand war. Dann war es wieder dunkel. Sie hatte zwar eine winzigkleine Taschenlampe dabei, aber die wollte sie nur im Notfall benutzen. Wer nichts sieht, wird auch nicht gesehen, sagte sie sich. Das wussten schließlich schon die Kleinsten, die sich bekanntlich die Hände vor die Augen hielten, wenn sie sich verstecken wollten. Vorsichtshalber hatte Monique keine Schuhe angezogen. So vermied sie unnötige Geräusche und konnte notfalls ihren Weg mit den Zehen ertasten, wie dereinst jene Sängerin, die auf der Bühne keine Brille tragen wollte und deshalb als Miss Barfuß in die Musikgeschichte einging.

Da! Schon wieder ein Geräusch. Das kam aus Richtung des Saals. Lautlos tastete Monique sich die Treppe hinunter und Richtung Saal. Auch hier ein unirdisches und kaum wahrnehmbares Leuchten vom Kamin her. Aber menschliche Wesen waren hier keine. Da blitzte über ihr Licht auf. Dort oben, vom Saal durch eine Fensterfront getrennt verlief ein Gang vom Südflügel zu den beiden Salons, und genau dort sah sie den Lichtkegel einer Taschenlampe, der sich in Richtung Norden bewegte. Leider konnte sie nicht erkennen, wer diese Lampe in Händen hielt.

Sie schlich Richtung Esszimmer. Von dort führte eine Treppe wieder nach oben. Auf diesem Weg gelangte sie zur Tür des kleinen Salons. Steckte der Poltergeist hier? Sie tastete nach dem Türgriff. Ganz vorsichtig öffnete sie die Tür. Wieder einmal half ihr der kurz aufscheinende Mond. Sie sah sich um. Nein, hier schien niemand zu sein. Da hörte sie Gepolter über sich. Das klang, als würde jemand mit Zentnersäcken um sich werfen, dachte Monique.

Wo mochte es zum Dachboden gehen? Das wusste sie komischerweise nicht, obwohl sie sich recht gut im Haus auskannte. Sie stand wieder im Flur. Geradeaus ging es zum großen Salon, rechts Richtung Nordflügel. Sie konnte keine Menschenseele entdecken. Das bedeutete nicht, dass dort niemand war. Es war schlicht und ergreifend so finster, dass sie *gar nichts* sehen konnte. Alles war mucksmäuschenstill. Was nun?

Während sie noch überlegte, meinte sie plötzlich, jemanden in der Nähe atmen zu hören. Lautlos, aber dafür mit um so deftigeren Ausdrücken verfluchte sie die Dunkelheit. Sie wagte nicht, sich zu bewegen, auch nicht, die Taschenlampe hervorzuholen. Sie atmete ganz flach. Da tat der oder die Unsichtbare jetzt scheinbar auch. Es war nichts mehr zu hören.

Das ist wie Mikado spielen, schoss es Monique durch den Kopf, und fast hätte sie aufgelacht. Sie unterdrückte, was sie als Anfall von Hysterie missbilligte. Aber sie konnten unmöglich ewig hier wie zu Salzsäulen erstarrt stehenbleiben. Wenn es in diesem fensterlosen Gang nur nicht so finster wäre. Sie überlegte, mit wem sie es wohl zu tun hatte. Mit dem Poltergeist? Oder geisterten noch mehr Leute hier herum? Wahrscheinlich, denn oben auf dem Dachboden schien ja auch jemand zu sein.

Es kam ihr vor, als würde sie jetzt schon seit Stunden reglos dastehen, aber die andere Person schien mit der Geduld einer Katze vor dem Mauseloch gesegnet zu sein. Es half alles nichts, sie musste etwas tun. Sie überlegte, in welche Richtung sie sprinten wollte. Richtung großer Salon? Schlecht. Dorthin ging es eine kleine Treppe hinunter. Zurück in den kleinen Salon? Auch schlecht. Bevor sie die Tür geöffnet haben würde, hätte er oder sie oder es sie eingeholt. Also Richtung Nordflügel.

Gedacht, getan. Sie spurtete los … und knallte gegen etwas sehr Massives, härter als ein menschlicher Körper. Es war etwas, das ihrer Erinnerung nach gar nicht hätte da sein dürfen. Aber bevor sie dem Rätsel auf den Grund gehen konnte, fiel das unsichtbare Wesen über sie her.

Die Rangelei war nur von kurzer Dauer. Plötzlich verlor Monique aus unerfindlichen Gründen den Boden unter den Füßen und landete krachend auf dem Boden.

Dann blendete ein greller Lichtstrahl sie, und im nächsten Augenblick sagte eine Stimme: „すみませんでした.“

Monique verstand weder Bahnhof noch sonst irgendetwas, sie war sich aber zumindest ziemlich sicher, dass die Person *nicht* Bahnhof gesagt hatte.

„Wie ungeschickt von mir, Meurisse-*san*. Ich habe Sie nicht erkannt.“

„Ach, Sie sind es, Matsutani", stieß Monique erleichtert hervor und rappelte sich auf. „Machen Sie sich keine Vorwürfe, es war ja auch so dunkel, ich selbst hätte mich auch nicht erkannt."

„Ich sah vorhin Licht auf dem Dachboden und dachte, es könnte ein Einbrecher hier im Haus sein."

Matsutani wohnte ja genau wie Gosia im *Butler's House* und hatte von dort aus einen guten Blick auf das Hauptgebäude.

Im Licht von Matsutanis Taschenlampe sah sie jetzt auch das Hindernis, mit dem sie kollidiert war. Fast direkt vor ihrem kleinen Schnüffelnäschen war eine von diesen herunterklappbaren Treppen, die in die Decke eingefügt sind und die man normalerweise gar nicht bemerkt ... es sei denn, sie *sind* heruntergeklappt. Dann bemerkt man sie mitunter sogar im Dunkeln.

Aha, dachte Monique, da gehts also zum ominösen Dachboden. Und dort oben würde sie möglicherweise den Poltergeist finden. Allerdings war von oben jetzt kein Laut mehr zu hören.

Bevor sie hochkletterte, drehte sie sich noch einmal zu Matsutani um.

„Und was war das gerade eben, die Technik?", fragte sie leise.

„それ 送り吊り落とでした。"

„Wie bitte?"

„*Sore wa okuri-tsuriotoshi deshita*."

„*Okuri-tsuriotoshi*? Ah, danke. Die müssen Sie mir später noch mal genauer zeigen."

Dann machte sie sich vorsichtig an den Aufstieg. Als sie oben ankam, sah sie, nein, erahnte sie am einen Ende des Raums drei Fenster, schwarz, aber nicht ganz so schwarz wie alles andere hier oben. Dann hörte sie etwas, das wie das Schnaufen eines See-Elefanten klang. Das hatte sie mal bei David Attenborough in einer seiner Sendungen gehört und zwar in jener Szene, in der der See-Elefantenbulle auf ihn losgeht. Monique ließ sich dadurch jedoch nicht einschüchtern und erklomm auch die letzten Stufen. Schon ließ sich der See-Elefantenbulle wieder drohend vernehmen. Jetzt schien er sich auch zu bewegen. Doch hoffentlich nicht etwa in ihre Richtung? Ihre Finger umklammerten die kleine Taschenlampe. Wenn sie doch bloß ihre Steyr-Mannlicher dabei hätte. Aber sie war ja hierher gekommen, um ein paar Tage zu faulenzen, und die Pistole hatte sie folglich gar nicht eingepackt.

Dann knipste sie das Licht an.

Da, nicht weit von ihr entfernt, lag ... James!

6

Monique identifizierte James sofort. Zweifelsfrei. Anhand seiner konvexen Gestalt.

Monique ließ den Schein der Taschenlampe im Raum kreisen. Kisten, alte Möbel, ein ausgedienter Schlitten mit der Aufschrift *Rosebud*, ein Korb mit alten Klamotten, ein Sattel, und was man sonst noch so auf einem Dachboden erwartet. Menschen konnte sie nicht entdecken.

Dann stockt ihr der Atem.

Da stand jemand. Nicht weit von ihr. Starrte sie an. Die Augen weit aufgerissen glotzte er sie unverwandt an, die Zähne bösartig gefletscht wie ein Höllenhund. Was hatte denn der für eine hässliche Visage! Und der Kopf kahl bis auf zwei schlanke Hörner. Zwei schlanke Hörner?

Die Hand, die die Taschenlampe hielt, hörte auf zu zittern und Moniques Herzschlag beruhigte sich wieder ein wenig. Eine Maske! Nur eine Maske. Irgendwie fernöstlich.

„Gehört die Ihnen?", fragte sie flüsternd Matsutani, der mittlerweile auch oben angekommen war.

„*Ee*, Meurisse-*san*. *Hannya desu*."

Aha, eine Hannya. Monique hatte keine Ahnung, was eine Hannya war, aber hübsch anzusehen war sie jedenfalls nicht.

Da stöhnte James schon wieder, und jetzt versuchte er sich aufzurichten.

„Ja, um Himmels willen, James, was machen Sie denn hier? Hoffentlich kein Anfall von Schlafwandlerei."

James blinzelte ins Licht der Taschenlampe. Dann berührte seine Hand vorsichtig seinen Hinterkopf.

„Diese Möglichkeit könnte man rein theoretisch natürlich in Betracht ziehen." Die Worte kamen James nur stoßweise über die Lippen und wurden immer wieder von herzzerreißendem Stöhnen unterbrochen, dennoch legte er auch unter den obwaltenden Umständen Wert darauf, sich präzise auszudrücken. „Wenngleich ich die besagte Möglichkeit im vorliegenden Fall wohl ausschließen darf. Die sprichwörtliche *schlafwandlerische Sicherheit* lässt sich nämlich nicht mit dem in Einklang bringen, was mir der hintere Teil meines Kopfes aktuell signalisiert, und das ist so eindeutig, dass jeder Zweifel ausgeschlossen ist. Ich bin überzeugt, dass ich, ohne mich auf haltlose Spekulationen einlassen zu müssen, mit Fug und Recht und ohne Zögern behaupten und Ihnen versichern darf, nicht geschlafwandelt zu haben."

Monique und Matsutani halfen James auf die Beine und zu einem Wäschekorb, damit er sich setzen konnte. Das Weidengeflecht ächzte missbilligend.

„Ich nehme an, Sie sind gestürzt. Kein Wunder bei all dem Gerümpel, das hier rumsteht. Hatten Sie denn keine Taschenlampe dabei?"

„Doch, sie muss hier irgendwo liegen. Aber gestürzt bin ich erst, nachdem mich irgendetwas am Hinterkopf getroffen hat."

Monique stellte ihre kleine Taschenlampe so auf den Boden, dass sie nach oben leuchtete und in diesem Licht erinnerte James' rundliches Gesicht fast ein wenig an die Hannya, obwohl er im Gegensatz zu ihr Haare anstelle der zwei Hörner auf dem Kopf trug.

Plötzlich sprang er auf, schnappte sich die Taschenlampe und hastete zu einer Kiste, nicht weit von der Stelle entfernt, wo sie ihn gefunden hatten. Er fiel auf die Knie und riss den Deckel hoch, wühlte mit der freien Hand darin herum. Es dauerte eine Weile, bis er endlich innehielt.

„Das Wendover-Papier ist weg."

„Das Wendover-Papier? Was ist das denn?"

Aber bevor James antworten konnte, flammte hinter Monique eine weitere Taschenlampe auf und eine Stimme sagte:

„Hände hoch."

Vorsichtshalber kam Monique der Aufforderung nach.

„Und jetzt langsam umdrehen."

Das Licht blendete Monique, als sie gehorchte. Diese Stimme ... die kannte sie doch.

„Ach, Sie sind es", sagte Aunt Lulu. „Was machen Sie denn hier oben mitten in der Nacht?" Die alte Dame klang fast ein wenig enttäuscht. Sie trug einen bodenlangen Morgenmantel, und Monique fragte sich, wie sie es geschafft hatte, lautlos die steile Klapptreppe hochzukommen.

Im Licht von James' Taschenlampe sahen sie, dass Aunt Lulu in ihrer Rechten ganz lässig eine Armbrust hielt. Die stammte sicher aus dem Arsenal im Südflügel. Aunt Lulu senkte die Waffe, aber im selben Augenblick löste sich ein Schuss, und der Pfeil bohrte sich mit lautem Knall wenige Zentimeter vor Monique ins Parkett.

Vor Schreck ließ Aunt Lulu die Armbrust fallen.

„So ein dummes Ding!", schimpfte sie. „Ich dachte, man könnte damit gar nicht schießen. Also wirklich! Ich werde Linos gleich morgen früh sagen, dass er solche gefährlichen Sachen nicht auf dem Gang herumhängen lassen sollte."

Erst jetzt erkannte sie James.

„Sie auch hier, James?" Aunt Lulu kicherte. „Ist das so eine Art Chill-out, was hier läuft? So nennt man das doch heutzutage, wenn sich ein junger Kerl und ein junges Mädchen heimlich treffen, nicht wahr?" Sie zwinkerte den beiden zu. „Wie zwei Bärchen in der Hölle ... in der Hööööööh-le." Und zu diesen Worten machte sie eine kreisende Handbewegung. „Na, wenn hier bloß nicht der Blitz einschlägt." Und dann sang sie mit ihrer auch im

Alter noch wohlklingenden Altstimme: „Honolulu Baaayyyby".

Monique sah James ziemlich ratlos an, aber der fand Aunt Lulus Betragen scheinbar stinknormal. Wahrscheinlich, sagte sich Monique, kam das von jenem Schlag auf den Schädel, den er abbekommen hatte. Manchmal dauerte es eine Weile, bis das da oben alles wieder im Lot war.

Inzwischen war auch Matsutani hinter der Kiste, hinter der er in Deckung gegangen war, hervorgekommen.

„Ach, Matsutani auch hier?"

„こんばんは, Civitella-さん", erwiderte der und verbeugte sich dabei lächelnd.

„*Konbanwa*, Matsutani-*san*", erwiderte Aunt Lulu höflich und verbeugte sich ihrerseits.

„Das Beste wird sein", murmelte James, der langsam wieder zu sich fand, „ich wecke Mr Gorges und berichte ihm das Vorgefallene."

„Warum?", fragte Monique. „Wenn hier tatsächlich ein Einbrecher war, ist er jetzt längst über alle Berge. Die Party ist vorbei. Wir sollten besser alle wieder schlafen gehen und das Weitere auf morgen früh vertagen."

„Ich glaube, Miss Meurisse hat recht, James", sekundierte Aunt Lulu. „Gerade Sie sehen ein wenig mitgenommen aus und brauchen dringend Ruhe."

Und so kletterten sie alle vier nacheinander die steile Hühnerleiter wieder herunter. Monique erkundigte sich nach Verbandmaterial, und als James sagte, er hätte welches in seiner Wohnung, begleitete sie ihn dorthin und verarztete ihn. Sie spekulierte darauf, dass er einer barmherzigen Samariterin erzählen würde, was er über das abhandengekommene Wendover-Papier wusste. Sie war zwar zum Faulenzen hergekommen, aber neugierig sein, war ja so einfach und überhaupt nicht anstrengend. Also begutachtet sie sein angeschlagenes Haupt, tat etwas Jodtinktur auf die offene Wunde, was James mit erbarmungswürdigem Klagen quittierte – Männer waren furchtbar wehleidig – und legte ihm dann einen Kopfverband an. Den fand sie echt klasse. „Yes, I can", murmelte sie und rätselte kurz, wo sie so was Ähnliches schon mal gehört hatte.

Aber die meiste Zeit hörte sie zu, was James zu erzählen wusste.

7

Sie lag in ihrem Bett unter dem grandiosen Baldachin, den sie aber gar nicht sehen konnte, weil sie das Licht bereits gelöscht hatte. Sie vertraute aber fest darauf, dass nicht nur der Baldachin, sondern auch die wunderschön gedrechselten vier Pfosten immer noch da und auch immer noch stabil genug waren, jenen Baldachin zu tragen, denn wenn ein solcher einem auf den Kopf fällt, hört er augenblicklich und unweigerlich auf, ein grandioser Baldachin zu sein.

Da ihr nichts auf den Kopf fiel und sie auch sonst nichts ablenkte, dachte sie über das nach, was James ihr erzählt hatte.

Monique wusste jetzt auch, wer wo wohnte. Oben im Südflügel befand sich am einen Ende die Wohnung von James und am anderen Ende das Zimmer, das Aunt Lulu bewohnte. Dazwischen waren zwei weitere Gästezimmer. In dem einen war sie selbst untergebracht, das andere war nicht belegt. Im Stockwerk darunter waren die Bibliothek, das Arbeitszimmer von Linos Gorges und die Zimmer von Findlater und Miss Girdlestone. Wer also hatte unten randaliert? Hatte es überhaupt mit dem Verschwinden des Wendover-Papiers zu tun? Vielleicht hatte nur jemand das Örtchen aufsuchen wollen und den Lichtschalter nicht gefunden. Und wer hatte hier oben mit der Taschenlampe hantiert? James? Aunt Lulu? Oder hatte sich der Poltergeist von unten hierher verirrt? James behauptete, er habe auch den Krach im Gang unten gehört und sei aufgestanden, um der Sache auf den Grund zu gehen. Geräusche hätten ihn, genau wie sie selbst zur Treppe zum Dachboden geführt. Dort oben hatte ihn jemand niedergeschlagen. War das die Person gewesen, die das Wendover-Papier an sich genommen hatte? Dafür sprach einiges.

Monique schlüpfte unter der Bettdecke hervor, ging ans Fenster, schob den Vorhang beiseite und starrte in die Dunkelheit hinaus. Sie hätte gerne das Fenster aufgemacht, um zu lauschen, ob irgendwelche Eulen oder andere nächtlichen Wesen die Welt draußen mit ihren schaurigen Rufen erfüllten, aber es war zu stürmisch. Außerdem hatten sicher alle infrage kommenden Vertreter der hiesigen Fauna sich eine kuschelige Zuflucht gesucht, wo sie jetzt warm und trocken hockten und die Klappe hielten, um nicht dem Wind oder dem Regen ihr Versteck zu verraten.

Eigentlich, dachte Monique, kam als Täter nur eine Person in Betracht: Miss Girdlestone. Die, die hier zu Hause waren, hatten keinen Grund, nachts auf dem Dachboden herumzukriechen. Aunt Lulu und Findlater schieden auch aus. Erstere gehörte praktisch zur Familie, letzterer wäre gar nicht hier, hätte die alte Dame ihn nicht angefahren. Andererseits, warum hatte Findlater sich auf diesem entlegenen Weg herumgetrieben? Der führte zu zwei Farmen und zum Landhaus der Gorges und das wars.

Möglicherweise hätte der Inhalt des abhandengekommenen Papiers ein wenig Licht in das Dunkel bringen können, aber leider wusste James nicht viel darüber. Ein gewisser John Wendover hätte es verfasst, und es gehöre zu einer Kiste mit alten Unterlagen, die Jahrzehnte auf dem Dachboden gelegen hätten. Erst vor ein paar Wochen hatte Octavia James den Auftrag gegeben, das alles einmal zu sichten. Wann immer seine Zeit es ihm erlaubte, war er also nach oben geklettert und hatte gesichtet. Das älteste Dokument stammte aus der Zeit kurz nach dem Ersten Weltkrieg und die Masse aus den Zwanzigerjahren. Viel belangloses Zeug, wie James festgestellt hatte. Er hatte sich gefragt, warum Octavia ihn seine Zeit damit verschwenden ließ. Selbstverständlich war er ohne zu zögern ihrem Wunsch nachgekommen, obwohl er eigentlich nicht *ihr* Sekretär, sondern der von Linos war.

In dem Haufen unnützen Papierkrams war einzig das von John Wendover Geschriebene aus dem Rahmen gefallen. Zeitlich und inhaltlich. Es steckte in einem Umschlag, auf dem das Wort *vertraulich* stand, und der für den Ehrenwerten Esmond Harmsworth bestimmt war. So, erklärte James, schrieb man den zweiten Lord Rothermere an, bevor er den Titel von seinem Vater erbte, also vor dessen Tod 1940. Die Überschrift auf dem Dokument im Umschlag lautete: „*Einige Beobachtungen über die Kontakte seiner Majestät des Königs zu Vertretern ausländischer Mächte*" von John Wendover. James hatte den Inhalt nur überflogen, aber er war sicher, den Namen Edward VIII. gelesen zu haben. Also, so schlussfolgerte er, stammte das Dokument höchstwahrscheinlich aus dem Jahr 1936, als Edward für 10 Monate König gewesen war.

Monique bewunderte James' detektivischen Scharfsinn, hätte es aber entschieden besser gefunden, wenn er auch etwas zum Inhalt hätte sagen können. Dann wüsste man vielleicht, warum sich jemand das Papier unbedingt unter den Nagel hatte reißen wollen.

Das Feuer im Kamin war seit recht langer Zeit zu einem Häufchen Asche und einem klitzekleinen bisschen Glut degeneriert und so fand Monique es mittlerweile unangenehm kühl im Zimmer. Unter der Bettdecke war sie sicher besser aufgehoben. Es war nichts mehr zu hören als die hin und wieder unter der Gewalt des Sturms gegen die Fensterscheibe schlagenden Zweige der Wisteria. Im Haus selbst regte sich nichts mehr. Also schliefen jetzt wohl endlich alle. Das dachte Monique zumindest.

8

„Guten Morgen, Miss", weckte Gosia sie. „Ich hoffe, Sie hatten eine angenehme Nacht."

Monique hatte das Gefühl, gerade erst eingeschlafen zu sein. Mühsam brachte sie sich in eine halbwegs sitzende Position, sodass Gosia das kleine Tablett mit der Tasse Tee, dem Zucker und der Milch vor ihr auf der Bettdecke abstellen konnte.

„Es geht so", murmelte Monique. Dann fiel ihr James ein, der mit seinem lädierten Schädel ganz bestimmt keine angenehme Nacht gehabt hatte.

„Hast du Mr Finsburg-Stallard heute schon gesehen?"

„Nein, wenn er Tee möchte, kocht er ihn selbst. Er hat eine kleine Kochnische in seiner Wohnung."

Monique löffelte reichlich Zucker in ihre Tasse. Dann füllte sie Milch hinein, bis sie kurz davor war überzuschwappen. Behutsam führte sie sie anschließend zum Mund und schlürfte ein wenig von der fast weißen Flüssigkeit. Schade, dass es in England nicht üblich war, Milchkaffee ans Bett zu bringen.

Gosia blieb an der Tür stehen.

„Frühstück gibt es heute im kleinen Esszimmer im Nordflügel, Miss."

Monique sah sie überrascht an. Das kleine Esszimmer benutzten die Gorges eigentlich nur, wenn die Familie unter sich war.

Mit der Miene eines Menschen, der etwas Sensationelles zu erzählen weiß, erklärte Gosia:

„Im anderen Esszimmer liegt Miss Girdlestone."

Monique sah sie noch ein wenig überraschter an.

„Und warum liegt Miss Girdlestone da? Hat sie heute Nacht dort geschlafen?"

„Das weiß ich nicht, Miss. Aber jetzt schläft sie nicht. Jetzt ist sie nur noch tot, und Mrs Gorges sagt, sie sei kein schöner Anblick. Vor allem, wenn man noch nicht gefrühstückt hat, und wir können sie auch nicht wegräumen, weil das machen die Polizisten, wenn sie fertig sind. Aber bisher sind die noch gar nicht gekommen. Und deshalb, sagt Mrs Gorges, müssen alle heute im kleinen Esszimmer frühstücken. Ihr Gesicht sieht wirklich fürchterlich aus. Ich meine das von Miss Girdlestone. Ich war es, die sie gefunden hat, Miss. Ich wollte gerade alles für das Frühstück hinbringen, und da lag sie. Vor dem Kamin. Mrs Gorges sagt, Miss Girdlestone ist erdrosselt worden und dass sie deshalb so grässlich aussieht. Meinen Sie auch, dass das davon kommt, Miss? Ich kenne mich da nicht so aus. Mich hat es jedenfalls total geschockt, ich meine, als ich sie da liegen sah. Das können Sie mir glauben. Vor Schreck habe ich alles fallen gelassen. Gott sei Dank waren es keine Teller, sondern nur Messer und Gabeln und so. Mrs Gorges hat nämlich gesagt, dass sie es mir vom Lohn abzieht, wenn ich was zerdepper. Deshalb passe ich immer so was von auf, und bisher habe ich auch noch nix kaputt gemacht. Als ich mich vom ersten Schreck etwas erholt hatte, bin ich rausgerannt. Die Messer und das andere Zeug habe ich liegen gelassen. Aber Mrs Gorges hat mir gesagt, ich soll wieder zurück und alles aufsammeln. Am Tatort darf man nichts verändern, meint sie, nicht, bevor die Polizei alles fotografiert hat."

„Interessant, ja wirklich sehr interessant, aber ich glaube, ich werde trotzdem vor dem Frühstück noch ein Bad nehmen."

„Wie Sie wünschen, Miss. Ich glaube, das Badezimmer ist gerade frei."

Es fiel Monique schwer, die Zeit in der Badewanne so zu genießen, wie sie es sich gestern noch ausgemalt hatte. Sie grübelte über die Ereignisse der letzten Nacht und das plötzliche Ableben von Miss Girdlestone. Erdrosselt, hatte Octavia gemeint? Das klang eindeutig nach Verbrechen. Aber warum lag sie im Esszimmer? Was hatte sie dort gemacht? Es war nur ein kleiner Schritt zur Frage, ob die Person, die Miss Girdlestone getötet hatte, auch für James' Missgeschick verantwortlich war. Und ob dieses Verbrechen mit dem Verschwinden des Wendover-Papiers zu tun hatte. Alle diese offenen Fragen brachten Monique dazu, nicht lange im wohlig warmen Wasser zu verharren. Was für eine Energie- und Wasserverschwendung, dachte sie, als sie aus der Wanne stieg und sich abtrocknete.

Zurück in ihrem Zimmer, zog sie die Vorhänge beiseite und sah hinaus. Das Wetter hatte sich beruhigt. Der Sturm hatte sich gelegt, und es regnete nicht mehr. Hier und da war zwischen den Wolken das Blau des Himmels zu sehen.

Sie machte sich auf den Weg Richtung Nordflügel. Beim Durchqueren des Saals hörte sie Stimmen im Esszimmer. Mehrere unbekannte Stimmen. Offensichtlich war die Polizei mittlerweile eingetrudelt. Sie unterdrückte den Wunsch, einen neugierigen Blick ins sogenannte Todeszimmer zu werfen, wo nun ja tatsächlich eine Tote lag, quasi zu Füßen des Affen, der in Stein gehauen verkündete, dass der Tod am Ende alles an sich reißt.

Im kleinen Esszimmer traf sie nur James und Alathea an. Sie erkundigte sich bei James, wie es ihm gehe.

„Der Schädel brummt noch ein wenig, Miss, aber ich glaube, ich habe keine bleibenden Schäden davongetragen."

Gosia kam mit einem Tablett herein, darauf eine Tasse Milchkaffee, groß wie eine Suppenschüssel, und ein Teller mit zwei verführerisch duftenden Brioches.

„Danke, Gosia", sagte Monique lächelnd voller Vorfreude auf ein anständiges Frühstück. Auf Matsutani konnte man sich verlassen.

Im Gegensatz zu ihr war Alathea nicht bereit, den ihr zugedachten Teil des morgendlichen Nahrungsangebots voller Entzücken oder doch wenigstens klaglos entgegenzunehmen.

„Gosia, der Toast ist kalt", sagte sie vorwurfsvoll. „Bring mir frischen. Und beeil dich, dass er auf dem Weg hierher nicht kalt wird. Ich will ihn so heiß, dass die Butter darauf schmilzt."

Gosia räumte Alatheas Teller ab. Monique hatte große Mühe, ein Lächeln zu unterdrücken. Die Kleine war genauso frech und aufmüpfig wie sie selbst in dem Alter, und sie konnte ihre Mitmenschen zur Weißglut treiben, wenn sie dazu in Stimmung war. Ach, es war doch wirklich herrlich, jung zu sein!

„Mr Gorges nennt sie manchmal auch Stiefelchen", raunte James Monique augenzwinkernd zu.

„Stiefelchen? Was für ein putziger Name."

James wiegte den Kopf, wie einer, der ein Geheimnis kennt, es aber nicht verraten will.

„Frag ihn jetzt bloß nicht, warum", sagte Alathea. „Er kennt sich mit römischer Geschichte gut aus und hält dir einen Vortrag von hier bis in die Unendlichkeit."

James quittierte ihre Worte mit einem kummervollen Lächeln.

„Dabei sagt die neuere Forschung, dass er möglicherweise gar kein Beispiel für den Cäsarenwahn gewesen ist. Er hat den schönen Schein der vorgeblichen Republik zerstören wollen. Denn diese sogenannte Republik war in Wirklichkeit nichts anderes als eine Diktatur, und diesen politischen Hokuspokus wollte er durch sein Verhalten entlarven und das augusteische Lügengebäude zum Einsturz bringen. Er hat ihnen ganz brutal die Wahrheit vor Augen geführt, dass Rom keine Republik mehr ist, dass er als Caesar tun und lassen kann, was er will, dass er sich als Despot aufspielen kann, dass es für ihn keine Grenzen gibt, alles erlaubt ist und niemand etwas dagegen tun kann."

Lächelnd strich sie reichlich Butter auf den heißen Toast, den Gosia gerade gebracht hatte. Mit fast kindlicher Freude beobachtete sie, wie die Butter augenblicklich schmolz und vom Brot aufgesogen wurde.

James öffnete den Mund, um etwas zu erwidern, schloss ihn dann aber unverrichteter Dinge, weil Gosia verkündete:

„Der Superintendent möchte jetzt Mr Finsburg-Stallard sprechen."

Sofort sprang James auf und eilte hinaus.

„Sie knöpfen sich einen nach dem anderen von uns vor", meinte Alathea, während sie ihren gebutterten Toast zum Mund führte, ein großes Stück abbiss und mit geschlossenen Augen genüsslich kaute.

„Warst du schon dran?"

Alathea öffnete ihre Augen wieder. Ihr Gesichtsausdruck verriet, wie ungerne sie in die raue Wirklichkeit zurückkehrte.

„Nein, *Frauen und Kinder zuerst* gilt bei denen scheinbar nicht."

„Mmh. Aber sag mal, ist er nicht dann doch irgendwann eines gewaltsamen Todes gestorben? Ich meine Stiefelchen."

„Stimmt, und genau das ist doch auch der Beweis, dass sein Ansatz richtig war. Eines Tages hatten die Leute endlich begriffen."

„Ja, natürlich. Wenn man es *so* sieht."

9

Es dauerte eine Weile, bis Finsburg-Stallard zurückkam und mitteilte, dass nun Miss Meurisse gewünscht werde.

„Ich eile", rief Monique, und nach einem letzten Schluck Milchkaffee machte sie sich auf den Weg zum kleinen Salon über dem Todeszimmer. Den hatte Linos Gorges den Polizisten für ihre Arbeit zur Verfügung gestellt.

Detective Superintendent Seagrave begrüßte Monique mit bestrickender Jovialität. Monique erinnerte sich, seinen Namen in der Zeitung gelesen zu haben. Der Super konnte sich rühmen, spektakuläre Mordfälle aufgeklärt zu haben. Mittlerweile war sein Haar ergraut, aber das bedeutete ja nicht automatisch, dass er nicht mehr in der Lage war, spektakuläre Mordfälle aufzuklären. Er stellte ihr seine uniformierte Begleiterin Police Sergeant Sharp vor. Die beschränkte sich darauf, sie missmutig und schweigend zu beäugen.

Der Super bot Monique einen der beiden ledernen Chesterfieldsessel an und setzte sich dann auf den anderen, während die sauertöpfische Wachtmeisterin auf dem Sofa Platz nahm.

Seagrave begann mit den üblichen Fragen zur Person, zu ihrer Beziehung zur Toten und den anderen gestern Anwesenden. Dann kam er auf die Ereignisse vom Vortag zu sprechen. Was Monique über den Verlauf des Nachmittags und des Abends erzählte, schien er nur mit halbem Ohr zu verfolgen. Wahrscheinlich hatte er das jetzt schon mehrmals gehört und solange sie nichts gravierend anderes erzählte, ließ er sie reden und seine Mitarbeiterin Notizen machen.

„Und dann sind Sie in Ihr Zimmer gegangen, nicht wahr?" Jetzt klang Seagraves Stimme etwas lebhafter. Er breitete vor ihr einen Plan des Hauses aus. „Können Sie mir zeigen, wo Sie untergebracht sind?"

Monique deutete auf die entsprechende Stelle.

„Und zwar oben im ersten Stock", ergänzte sie.

„Ah, ja. Sind Sie sofort zu Bett gegangen?"

„Ja."

„Aber dann sind Sie doch wieder aufgestanden."

„Genau. Ich hörte auf dem Flur ein lautes Scheppern und wollte wissen, was da los ist." Monique überlegte, was sie dem Super alles erzählen sollte. Ihrer Meinung nach war es eigentlich immer entschieden vorteilhafter, wenn die Polizei nicht alles wusste. Man konnte nie abschätzen, was sie mit ihrem Wissen anstellten.

„Ja?", animierte Seagrave sie zum Weiterreden.

„Also ich bin aufgestanden und habe nachgesehen. Aber da war nichts. Der ganze Metallkram, der befindet sich eins tiefer. Oben, auf meinem Flur, gibt es nur Bilder an den Wänden."

Seagrave nickte, studierte erneut den Plan, wiegte dann den Kopf, erwiderte aber erst einmal nichts. Schließlich blickte er auf.

„Das Geräusch hat sie also geweckt, und sie sind aufgestanden. Hätte das Geräusch nicht auch eine ganz harmlose Ursache haben können?"

„Ja, sicher, aber ich bin halt ein bisschen neugierig. Dumme Angewohnheit von mir. Schon seit der frühesten Kindheit."

Seagrave nickte wohlwollend.

„Mr Finsburg-Stallard erzählte uns, dass er auf dem Dachboden ... hier ..." Er tippte mit dem Finger auf die entsprechende Stelle auf dem Plan. „... einen Schlag auf den Hinterkopf erhielt, bewusstlos wurde und als er wieder zu sich kam, niemand außer Ihnen anwesend war. Wieso waren Sie dort? Was haben Sie da gemacht? Der Dachboden ist doch recht weit von Ihrem Zimmer entfernt. Haben Sie das ganze Haus abgesucht, um herauszufinden, wo das Geräusch hergekommen ist, das Sie angeblich geweckt hat?"

Monique wurde hellhörig. Warum sagte er *angeblich*?

„Allerdings. Als ich in den Saal kam, sah ich jemanden im Gang oben mit einer Taschenlampe."

„Einen Mann oder eine Frau?"

„Weder noch. *Ich sah den Schein einer Taschenlampe*, hätte ich sagen sollen. Den und nur den."

„Und sie folgten dem Licht?"

„Ich verlor es aus den Augen. Ich suchte weiter. Eine Weile vergeblich. Dann stand ich plötzlich vor einer Dachbodentreppe. Die hatte ich vorher noch nie gesehen, weil sie immer hochgeklappt gewesen ist. Aber das war sie jetzt nicht mehr. Also bin ich rauf. Ich sagte ja, ich bin ziemlich neugierig."

„Und dort fanden Sie Mr Finsburg-Stallard. Waren noch andere Personen anwesend?"

„Der Koch Mr Matsutani. Ich hatte ihn zufällig am Fuß der Treppe getroffen."

„Kann es sein, dass das Licht, dem Sie folgten, von der Taschenlampe von Mr Finsburg-Stallard stammte?"

„Ja, schon möglich."

„Mr Finsburg-Stallard hat uns erzählt, er sei ebenfalls auf dem Weg zum Dachboden dem Licht einer Taschenlampe gefolgt. Könnte es sein, dass das Licht von *Ihrer* Taschenlampe kam?"

„Dann hätte ich ja vor ihm den Dachboden erreichen müssen."

„Genau, Miss Meurisse."

„Ah, ich verstehe, worauf Sie hinauswollen. Sie meinen, er wäre mir auf den Dachboden gefolgt, und dann wäre es mir dort oben gelungen, ihn zu übertölpeln und niederzuschlagen. Ja?"

„Könnte es nicht so gewesen sein? Und anschließend haben Sie sich entfernen wollen, liefen aber Mr Matsutani in die Arme. Also waren Sie gezwungen, so zu tun, als wären Sie gerade erst dort angelangt, um sich dann in Begleitung von Mr Matsutani wieder auf den Dachboden zu begeben." Ein Lächeln huschte über sein Gesicht. „Nicht dass Sie mich missverstehen. Wir sind halt noch am Anfang unserer Untersuchung und ermitteln folglich in alle Richtungen."

„Solange Sie mich nicht verhaften."

„Aber nein, so weit sind wir noch lange nicht. Lassen Sie uns fortfahren. Was passierte, als Mr Finsburg-Stallard wieder zu sich gekommen war?"

„Miss Civitella erschien."

„Kam sie die Treppe herauf?"

„Es gibt keine andere Möglichkeit, den Dachboden zu erreichen."

„Ich meine, sind Sie sicher, dass Miss Civitella nicht schon dort gewesen ist, als Sie kamen?"

„Meines Wissens hat sie ein sehr hübsches Zimmer und hätte nicht auf dem Dachboden schlafen müssen."

„Haben Sie *gesehen*, wie sie die Treppe heraufkam?"

„Nein, das nicht."

„Na also."

„Sie haben also auch Miss Civitella in Verdacht?"

„Wir können niemanden von vornherein ausschließen."

„Nein, natürlich nicht."

„Sind Ihnen gestern Nacht noch weitere Personen begegnet oder in irgendeiner Art und Weise aufgefallen?"

„Nein, ich habe niemanden gesehen und mir ist niemand aufgefallen."

10

Ihr Handy hatte Monique morgens achtlos auf dem Nachttisch liegen gelassen, und als sie jetzt in ihr Zimmer zurückkam, blinkte es wie von Sinnen. Im Auge des Orkans war eine Textnachricht, und sie lautete:

Tante Agatha ist überraschend gekommen.

Sie hat ein Geschenk für dich. Bitte komm sofort.

Dein dich liebender Vater

Monique wusste, was das bedeutete. Die Vorsteherin wollte sie dringend sprechen. So ein Mist! Gerade jetzt, wo es hier interessant wurde. Aber dann lächelte sie. Nett, dass Robbie mit *Dein dich liebender Vater* unterschrieben hatte. Obwohl ... so war es vorgeschrieben. Es signalisierte dem Empfänger, dass die Botschaft aus freien Stücken und nicht unter Zwang verfasst worden war. Mit einem Hauch von Bitterkeit sagte sie sich, dass es sich eigentlich genau andersherum verhielt. Hätten nicht die „Richtlinien über die Kommunikation mit Agenten im Feld und vice versa" es von ihm verlangt, hätte Robbie nie und nimmer als *liebender* Vater unterschrieben. Sie wusste ganz genau, es war sinnlos, sich Hoffnungen zu machen. Robbie hatte nur Augen für die Vorsteherin. Er betete sie förmlich an. Lag es daran, dass die ihn im-

75

mer kühl und von oben herab behandelte? Verstanden die Männer es nicht seit Jahrhunderten meisterlich zu verschleiern, dass sie ihr Glück einzig und allein darin fanden, sich Frauen zu unterwerfen und sie mit rührendem Dackelblick anzuhimmeln? Monique hatte zwar keine Ahnung, was für Blicke die Männer im Mittelalter den Frauen zugeworfen hatten, aber all das schwülstige Zeug, das sie damals gedichtet und Minnesang genannt hatten, ließ vermuten, dass sie auch zu jenen Zeiten schon gedackelt hatten.

Aber egal, sie musste schleunigst nach London. Sie hatte der Polizei alles erzählt, was sie wusste, oder zumindest alles, wovon sie meinte, dass die Polizei es wissen sollte. Das Wendover-Papier hatte sie nicht erwähnt. Seagrave hatte nicht danach gefragt, also vermutete sie, dass James es auch nicht erwähnt hatte.

„Schade, dass Sie schon wieder abreisen. Aber wenn Ihre Tante Sie so dringend sehen möchte ...", hatte Octavia zum Abschied gesagt, und dann hatte James sie, Findlater und das defekte Fahrrad nach Bradford gebracht. Zuerst wurde Monique am Bahnhof abgesetzt, wo sie nach einiger Wartezeit in die Bahn Richtung Salisbury stieg. Nach zweieinhalb Stunden und einmal Umsteigen kam sie schließlich in London Waterloo Station an. Mit der Tube hätte sie bequem ihr Ziel direkt erreichen können, aber sie wechselte an der Haltestelle Leicester Square von der Northern Line in die Piccadilly Line. Eine kleine Treppe runter, ein kurzer Gang, noch eine kleine

Treppe runter. Kein großer Aufwand, aber eine Möglichkeit zu schauen, wer denn noch so alles am Umsteigen war. Seit der Botschaft aus der Zentrale betrachtete sie sich wieder im Dienst, und das war ein Dienst, in dem es lebensverlängernd sein konnte, die eine oder andere Vorsichtsmaßnahme zu ergreifen.

Scheinbar gelangweilt erfasste ihr Blick also all jene, die genau dasselbe taten wie sie. Gelangweilt aber nur, bis sie unter den anderen ein bekanntes Gesicht entdeckte. Mr Findlater. Findlater? Der musste denselben Zug genommen haben wie sie. Sein demoliertes Fahrrad hatte er allerdings nicht bei sich. Wo hatte er das gelassen? Unterwegs verloren? Im Zug liegen gelassen? Einfach weggeschmissen? Und heute trat er weder als Verkehrsopfer noch als Samurai auf. Er musste also irgendwo und irgendwie eine Gelegenheit genutzt haben, sich umzuziehen.

Er hatte sie scheinbar noch nicht entdeckt. Also machte sie sich schnell ganz klein. Als die Bahn kam, wartete sie, bis er eingestiegen war und enterte dann im letzten Moment den benachbarten Waggon. An der Haltestelle Holborn, Moniques Ziel, wiederholte sich das kleine Spielchen. Sie spähte vorsichtig von der Tür aus nach draußen und siehe da, auch Findlater stieg hier aus. Wie sonderbar. Monique ließ ihm einen gehörigen Vorsprung, auch auf die Gefahr hin, ihn zu verlieren. Ihr war es wichtiger, auf keinen Fall bemerkt zu werden.

II

Monique stieg die imposante Freitreppe des British Museums hinauf. Oben im dritten Stock war die Zentrale, dort residierte die Vorsteherin, wenn sie nicht gerade von Flughafen zu Flughafen jettete oder sich irgendwo in der Anonymität eines General-Aviation-Terminals aufhielt.

Noch immer ärgerte sich Monique ein wenig, dass sie Findlater im Gedränge der U-Bahnstation verloren hatte. Na ja, so schlimm war es aber auch wieder nicht. So musste sie die Vorsteherin nicht warten lassen, denn das hatte die nicht so gerne.

Monique durchquerte den großen Innenhof, einem Draußen, das Foster in ein Drinnen verwandelt hatte – O ja, moderne Architekten können zaubern! – und fuhr mit dem Lift an der Nordseite in den dritten Stock hinauf. Ohne zu zögern und ohne nach Hinweisschildern zu suchen, steuerte sie die Damentoilette an.

Wie fast jedes Mal, wenn sie hierher kam, lächelte sie bei der Vorstellung, wie Robbie zumute sein mochte, wenn er in die Zentrale gelangen wollte. Wahrscheinlich stand er mit möglichst unbeteiligter Miene auf dem Gang herum, so als würde er auf jemanden warten, während er in Wirklichkeit auf jenen Moment lauerte, wo niemand in Sicht war. Dann, wenn er sich endlich unbeobachtet wähnte, würde er die Damentoilette betreten – sicher mit leuchtend roten Ohren! – und schnell in jener Kabine verschwinden, die der unscheinbare Eingang zur Zentrale war. Monique war sicher, dass Robbie zu jenen Männern gehörte, die so süß altmodisch waren, dass es ihnen immer noch peinlich war, ein Damenklo zu benutzen. Aber anders kam er nun mal nicht an seinen Arbeitsplatz. Monique machte kurz vor dem Spiegel halt und richtete ihre Frisur ein wenig. Dann verschwand sie in der besagten Kabine. Sie zückte kurz ihre Chipkarte und schon schwang die Rückwand zur Seite und gab ihr den Weg frei ins Allerheiligste – beziehungsweise ins Vorzimmer des Allerheiligsten, einen düsteren Raum voll angestaubten Gerümpels. Wahrscheinlich alles Exponate des Museums von geringerem Wert, die hier für Besucher unzugänglich aufbewahrt wurden.

„Hallo, Robbie." Sie schenkte Robertson, der sie über den Rand seines Bildschirms hinweg ansah, ihr verführerischstes Lächeln, obwohl sie wusste, dass es vergebliche Mühe war.

„Die Vorsteherin erwartete Sie schon, Miss Meurisse", antwortete Robertson kühl. „Sie ist ein wenig ungehalten", fügte er mit gesenkter Stimme hinzu.

„Ach ja?"

Sie zuckte die Schultern. Sie hatte doch nichts verbrochen. Oder?

Als sie das Büro der Vorsteherin betrat, wurde sie ohne ein Wort der Begrüßung angeblafft:

„Was zum Kuckuck haben Sie bei den Gorges zu suchen gehabt?"

Monique war einen Moment lang sprachlos. Woher wusste die Vorsteherin, wo sie gewesen war? Aber bevor sie sich von dieser ersten Überraschung erholt hatte, feuerte ihr Gegenüber schon die nächste auf sie ab.

„Da wird eine Agentin von MI5 ermordet, und wer weilt zufällig genau da, wo es passiert?"

Bevor die Vorsteherin weiterreden konnte, erwiderte Monique furchtlos: „Ich weiß zwar von keiner Dame von MI5, weder einer lebenden noch einer toten, aber wenn Sie so fragen, dann bin ich es vermutlich gewesen."

„Ja, genau. Sie schon wieder. Wer hat Ihnen den Auftrag gegeben, sich da einzumischen?"

„Niemand hat mir irgendeinen Auftrag gegeben. Ich habe dort nur ein bisschen relaxen wollen. Bei Freunden halt."

„Wollen Sie mich zum Narren halten?", fragte die Vorsteherin noch ein wenig blaffiger.

„Nein, das will ich nicht. Hier muss ein Missverständnis vorliegen. Ich war ganz privat dort. Ich dachte, Miss Girdlestone wäre von der Presse. Dass sie von der Abwehr war, wusste ich nicht. Und ob Sie es glauben oder nicht, ich hatte nicht einmal meine Steyr-Mannlicher dabei."

Ohne ihre geliebte Dienstwaffe gereist zu sein, betrachtete Monique als unschlagbares Argument, und tatsächlich besänftigte es die Vorsteherin ein wenig.

„Ach, Sie waren ohne Ihre Steyr-Mannlicher unterwegs? So so. Mmh. Na gut. Aber mit dem Relaxen ist es jetzt vorbei."

Monique sah die Vorsteherin erwartungsvoll an.

„Die Girdlestone arbeitete also für MI5?"

„Ja. Ausgerechnet eine, die in Cambridge studiert hat. In Cambridge! Die bei der Abwehr werden einfach nicht klug. Als hätte es Philby und Konsorten nie gegeben. Aber egal, jetzt ist sie tot, und ich wüsste gerne, wer dahintersteckt."

„Wissen wir, mit welchem Auftrag die Girdlestone unterwegs war?"

„Ja. Rein zufällig sind wir dahintergekommen." Die Vorsteherin grinste. „Rein zufällig. – Aber bevor ich in die Details gehe ...." Sie drückte auf den Knopf der Gegensprechanlage. „Robertson, bitte Tee für Miss Meurisse und mich." Und zu Monique gewandt: „Mögen Sie Queen Annes Mischung?"

„Natürlich", antwortete die brav, obwohl für sie ein Tee wie der andere schmeckte und keiner sonderlich gut.

„Also, Robertson, nehmen Sie Queen Anne."

„Sehr wohl, Ma'am", erklang es aus dem Lautsprecher. Während sie auf den Tee warteten, sah Monique sich im Büro um. Es hatte die Dimensionen eines Lesesaals und seine Wände waren auch tatsächlich hinter Regalen voller Bücher verborgen. In einer Ecke jedoch stand heute eine Statue, die sie hier noch nie gesehen hatte: eine am Boden kauernde nackte Frau, lebensgroß, ein wenig füllig, aber durchaus attraktiv. Wohl an die 2000 Jahre alt. Die Statue. Die Frau sah deutlich jünger aus.

„Die Skulptur da drüben, die erinnert mich an die kauernde Aphrodite", sagte sie erstaunt. „Die, die diesem Maler gehört hat. Wie hieß er doch gleich? Lely, glaube ich, Peter Lely."

„Es *ist* die sogenannte Lely-Venus", erwiderte die Vorsteherin. „Oder Aphrodite, wenn Sie so wollen. Das Exemplar im Nationalmuseum in Rom wird ja auch tatsächlich die kauernde *Aphrodite* genannt. Die hat allerdings keine Arme. Das ist es natürlich nicht, was eine Venus und eine Aphrodite normalerweise voneinander unterscheidet."

„Aber die Lely-Venus steht die nicht sogar hier im Museum irgendwo rum?"

Die Vorsteherin schüttelte den Kopf.

„Ich sagte doch, dies *ist* die Lely-Venus. Ich habe veranlasst, dass unten im Saal 23 an ihrer Stelle eine *Kopie* aufgestellt wird. Sie wissen doch ... Förderung von Gesundheit, Wohlbefinden und Zufriedenheit am Arbeitsplatz und so weiter. Ganz wichtig heutzutage. Also, wenn ich schon so viel Zeit in diesem Raum verbringen muss, dann will ich es hier auch ein bisschen nett haben ... mit was fürs Auge. Und die Banausen da unten merken den Unterschied ja sowieso nicht."

Monique erinnerte sich, dass man den Chef dieses Museums vor noch gar nicht so langer Zeit gefeuert hatte, weil ein Mitarbeiter unbemerkt an die 2000 Exponate hatte mitgehen lassen. Aufgeflogen war die Sache nur, weil der Mann den Kram über eBay zu verkloppen versuchte.

Nach dem kleinen Ausflug in die Geschichte der bildenden Kunst verfielen sie wieder in Schweigen. Die Vorsteherin trug eine neue Brille, stellte Monique fest, ein schwarzes, übergroßes Gestell, das aber zu ihrem rundlichen Gesicht passte und einerseits ihre braunen Augen gut zur Geltung brachte, andererseits die Wirkung der schreiend knallrot geschminkten Lippen einigermaßen in Schach hielt. Monique rätselte wieder einmal, ob ihr Haar nun eigentlich noch blond oder bereits grau war. Der Farbton war unergründlich wie so manches an der Vorsteherin. Endlich kam Robbie und brachte den Tee. Als er eine Tasse vor Monique hinstellte, lächelte sie ihn selig an. War er nicht wirklich ein furchtbar süßer Junge?

„Danke, Robertson." Die Vorsteherin schlürfte prüfend einen Schluck, schnalzte anerkennend mit der Zunge und sagte dann, als Robertson wieder weg war: „Kommen wir zur Sache."

Monique lehnte sich gespannt auf ihrem Stuhl ein Stück vor.

„Es geht um gewisse Dokumente aus den Dreißigerjahren."

„Das Wendover-Papier", rutschte es Monique heraus, woraufhin die Vorsteherin sie mit einem finsteren Blick maß. „Entschuldigen Sie, Ma'am, ich habe Sie unterbrochen."

„Es tut nichts zur Sache, wie wir es nennen. Von mir aus auch Wendover-Papier. Mich interessiert nur, was drinsteht und wer es aktuell in seinem Besitz hat."

„Selbstverständlich. Mr Finsburg-Stallard – das ist der Sekretär von Mr Gorges – hat mir gesagt, es geht um die Verbindungen eines Königs, vermutlich Edward VIII., zu ausländischen Mächten."

„Und was hat ihnen Finsburg-Stallard noch erzählt?"

„Nur, dass es von diesem John Wendover ist. Ach ja, und dass es für Lord Rothermere bestimmt war, der aber da noch gar kein Lord war, weil der eigentliche Lord Rothermere noch lebte."

„Aha."

„Und dann meinte James noch, also Mr Finsburg-Stallard, dass das Papier von 1936 sein soll."

„Und was steht drin?"

„Mr Finsburg-Stallard hatte es leider noch nicht gelesen. Er hatte nur einen kurzen Blick riskiert."

„Schade, sehr schade. Der Inhalt scheint brisant zu sein. Sonst hätte MI5 niemanden zu den Gorges geschickt."

„Aber was kann man heute noch anfangen mit diesem Geschreibsel? Das ist doch bald 100 Jahre alt."

„Es könnte Edward VIII. in Verruf bringen. Und damit das Haus Windsor und die britische Monarchie insgesamt."

„Und was will MI5 damit?"

„Benutzen. Verschwinden lassen. Keine Ahnung."

„Und wir? Hätten wir es auch gerne?"

„Warum nicht?"

„Und wozu?"

„Um zu gucken, was drinsteht. Danach würden wir weitersehen. Vielleicht würden wir es einfach nur in Verwahrung nehmen."

„Ich verstehe. Und ich soll jetzt versuchen, es zu beschaffen, oder?"

„Das wäre ein netter Beifang, aber Ihre eigentliche Aufgabe ist eine andere. Wenn ich einmal ausschließe, dass Sie in maßloser Überschreitung Ihrer Kompetenzen Miss Girdlestone aus dem Weg geräumt haben, bleibt nur die Möglichkeit, dass noch eine dritte Partei bei unserer kleinen Schatzsuche mitmischt. Ich wüsste gerne, wer das ist und welche Ziele diese dritte Partei verfolgt."

„Das kann dann ja nur einer gewesen sein, der letzte Nacht dort im Haus war, und die Auswahl ist nicht allzu groß."

„Sie dürfen nicht so schnell irgendwelche Möglichkeiten ausschließen. Es waren doch mehrere Besucher im Haus. Und wer weiß, vielleicht war es auch jemand von außen, ein Einbrecher."

„Sie könnten recht haben", meinte Monique ohne große Überzeugung.

„Ja, hin und wieder passiert es, dass ich recht habe, und es freut mich, dass Sie das jetzt auch so sehen. Ihr Auftrag ist Ihnen klar, oder haben Sie noch Fragen, Meurisse?"

Monique zögerte einen Moment, aber dann stellte sie die Frage, die ihr die ganze Zeit auf der Zunge lag.

„Woher wussten Sie, dass ich bei den Gorges war?"

Die Vorsteherin lächelte, und es schien, als würde sie der Versuchung erliegen, für allwissend gehalten zu werden, aber dann ließ sie sich doch zu einer Erklärung herab.

„Octavia Gorges hat es mir verraten. Wir kennen uns. Wir waren zusammen in Wycombe Abbey."

Monique war schwer beeindruckt.

„Sie waren mal im Kloster?"

Sie dachte an Nanna und Antonia, Aretinos Geschöpfe, aber es fiel ihr schwer, sich nun die Vorsteherin und Octavia Gorges als Nonnen vorzustellen. Im nächsten Augenblick verflüchtigten sich die imaginierten Ordensfrauen auch schon wie zwei vom Winde verwehte Flaschengeister.

„Unsinn. Wycombe Abbey ist ein Internat für Mädchen und zwar eines der besten im Lande. Dass Sie noch nie davon gehört haben, wundert mich." Mit verklärter Miene ergänzte die Vorsteherin: „Die Zeit dort war für uns junge Dinger nicht immer leicht. Aber!" Sie hob

Aufmerksamkeit fordernd den Zeigefinger. „Sie hat uns geprägt fürs Leben."

12

Monique saß in der Piccadilly Line Richtung Heathrow. Es war außerhalb der Rushhour, also hatte sie problemlos einen Sitzplatz auf einer der an den Fensterseiten entlanglaufenden Bänke ergattert. Ihr Blick wanderte unauffällig über die Menschen auf der gegenüberliegenden Bank hinweg, ohne wirklich wahrzunehmen, was sie sah. Sie nahm nicht die mittelalte, abgehärmte Frau und den stumpfsinnig vor sich hinstarrenden kleinen Jungen neben ihr wahr, auch nicht den farbigen Typen, der eine aufgedonnerte schwarze Schönheit anbaggerte und auch nicht den jungen Mann, der wie gebannt die Werbetafeln über den Fenstern studierte, um auf keinen Fall einen anderen Mitfahrer anschauen zu müssen.

Moniques Gedanken waren noch ganz bei dem, was die Vorsteherin gesagt hatte. Sie schließe zu schnell Möglichkeiten aus, so der Vorwurf. Hatte sie wirklich zu voreilig Verdächtige eliminiert? An Octavia hatte die Vorsteherin bestimmt nicht gedacht, die war schließlich eine alte Freundin von ihr. Linos? Alathea? Nein, sie mochte nicht einmal darüber nachdenken, was möglicherweise gegen sie sprach. Nein, nein, nein. Aber wie war es zum Beispiel mit Aunt Lulu? Sie erinnerte sich an die Theorie von Seagrave, die so ging: Aunt Lulu wird von James auf dem Dachboden gestört, kann ihn aber niederschlagen und versteckt sich irgendwo. Als Matsutani und sie selbst erscheinen, taucht sie als *Deus ex Machina* wieder auf. Mmh. Aber warum hatte sie die Armbrust dabei? Oder stammte die gar nicht aus der Sammlung im Südflügel? War Aunt Lulu über die Waffe auf dem Dachboden gestolpert? Warum war die alte Dame überhaupt bei den Gorges? Sie war unangekündigt und recht überraschend erschienen, wie sie von Alathea erfahren hatte. Andererseits konnte sie sich nicht vorstellen, wie eine zerbrechliche, fast Neunzigjährige eine junge Frau erdrosselte. Ein bisschen Kraft brauchte man dafür ja schon, vor allem, wenn das Opfer sich zur Wehr setzte.

Matsutani? Hatte er das Papier an sich genommen, James niedergeschlagen und war dann, als er sich davonmachen wollte, ihr in die Arme gelaufen? Möglich, aber er hätte das Dossier genau wie die Familienangehörigen und wie Gosia und James jederzeit und ohne großen Aufwand an sich nehmen können. Und dann war da noch der Lärm im Südflügel. Halt! Vom Butler's House kommend konnte man das Hauptgebäude durch eine Tür am Ende des Südflügels betreten. Man konnte allerdings auch einen der anderen Eingänge nehmen.

Ach verflucht, dachte Monique. Es bringt keinen Spaß, so im Ungewissen herumzustochern. Irgendwie landete man am Ende doch bei Findlater, auch wenn einiges dagegen sprach.

In der Station Gloucester Road stieg Monique aus. Nicht weit von hier war ihre kleine Wohnung in den Kynance Mews. Es war nicht wirklich ihre eigene. Die Miete zahlte das Büro. Von dem armseligen Lohn, den man ihr zukommen ließ, hätte sie sich keine Zweitwohnung in London leisten können. Und schon gar nicht in South Kensington. Verdammt teures Pflaster.

Zuerst einmal schaute sie bei Louisa, ihrer Nachbarin, vorbei. Die kümmerte sich ein wenig um Moniques Wohnung, wenn sie auf Reisen war, und das war sie ja sehr oft. Schließlich hatte Monique allerlei Kübelpflanzen vor ihrem kleinen Häuschen stehen. Das war in allen Mews so üblich.

„Hallo, Louisa!"

„Hi, Love. Schon wieder zurück? Hat es dir auf dem Land nicht gefallen?"

„Doch schon, aber der Job ... du weißt. Wie das halt so ist."

„Du Ärmste."

Louisa schüttelte bedauernd ihr blondes Köpfchen. Sie war wie Monique in den Dreißigern, aber ihre Klamotten waren von ganz anderer Art. Sie bevorzugte schicke Designersachen im Stil der Fünfzigerjahre. Aktuell trug sie etwas, was Monique wohl noch nie angehabt hatte, einen Plisseerock. Von dem lugten aber nur ein paar Falten unter ihrer Schürze hervor – natürlich einer weißen, mit Rüschen verzierten Schürze. Hätte sie ein schwarzes Kleid und ein weißes Häubchen dazu getragen, hätte man denken können, sie wolle als Dienstmädchen zu einem Kostümfest gehen. Tatsächlich war der Plisseerock ein Hauch von Rosa, und die Bluse quäkte ununterbrochen ihren Preis.

Louisa war gerade in der Küche beschäftigt. Wenn sie nicht las oder im Internet surfte oder anderen wichtigen hausfraulichen Tätigkeiten nachging, war sie fast immer in der Küche am Werkeln.

„Wird das ein Kuchen?", fragte Monique.

„Ja. Simon liebt Kuchen zum Tee."

Louisa lächelte selig.

Schade, dass Simon nur sehr selten Gelegenheit hatte, ihren Kuchen zum Tee zu essen. Er kam meist nach Hause, wenn es nicht nur für den Tee, sondern auch fürs Abendessen zu spät war. Es war gar nicht so einfach, die Knete zu verdienen, um sich und seiner den Segnungen des Hausfrauendaseins verfallenen Ehefrau ein sorgenfreies Leben mitten in South Kensington zu ermöglichen. Louisa selbst hatte an der London School of Economics studiert und sogar einen ausgezeichneten Abschluss erreicht. Aber dann entdeckte sie für sich das Hausfrauendasein als einzig wahre Lebensperspektive. Das war, kurz nachdem sie Simon geheiratet hatte. Ihr Erweckungserlebnis verdankte sie dem intensiven Studium sozialer Medien und ein bisschen auch Agatha Christie. In deren Autobiografie hatte sie ein Loblied auf die viktorianischen Ehefrauen gefunden, die klug das schwache Geschlecht gespielt und sich darauf beschränkt hätten, daheim die Dienstboten zu befehligen, während ihre Männer schufteten, um das britische Empire seine höchsten Höhen erklimmen zu lassen.

„Ich habe das Rezept im Web gefunden und zwar auf einer Seite über *Essen wie in den Fünfzigerjahren*."

„Klingt interessant. Wird bestimmt lecker."

„Ich hoffe."

„Irgendwas vorgefallen? Ich meine nebenan."

„Bei dir? Nein, alles okay."

„Also dann."

„Cheerio, Love."

In ihrer eigenen Wohnung angekommen schaltete Monique erst einmal die Espressomaschine ein. Sie lechzte förmlich nach einem Schluck Kaffee, heiß, kräftig und schwarz, ein bisschen bitter, aber mit einer ordentlichen Prise Zucker versüßt.

Ihr Wohnzimmer nahm das ganze Erdgeschoss ein mit einer Küchenzeile gegenüber dem Eingang und einer frei stehenden Wendeltreppe, die nach oben zu zwei Zimmern und dem Bad führte. So sah es in vielen Häusern in jenen „Mews" genannten Gassen aus: Sie standen an der Rückseite von hochherrschaftlichen Gebäuden, zu denen sie ursprünglich gehörten. Diese Bleiben der Reichen hatten einen repräsentativen Eingang nach vorne raus gehabt und hinten an den Mews gelegen ein schlichtes Bauwerk für Pferd und Wagen. Die Pferde waren mittlerweile aufs Land gezogen und hatten ihre ehemaligen Unterkünfte freundlicherweise den Menschen überlassen. Die wussten diese so sehr zu schätzen, dass sie horrende Summen dafür zu zahlen bereit waren.

Monique hatte gerade ihren ersten Espresso intus, als ihr Telefon klingelte. Alathea war dran, und die kam sofort zur Sache.

„Miss Girdlestone hat uns verlassen. Ich bin total deprimiert. Unsere erste Leiche im Todeszimmer und schon ist sie wieder weg, als hätte es sie nie gegeben."

„Rede nicht immer so herzlos daher. Wenn das deine Mutter hören würde." Gut, dass Alathea ihr Grinsen nicht sehen konnte. Typisch englische Erziehung, dachte sie. Nur keine Gefühle zeigen. Immer cool bleiben.

„Ist doch wahr. In meiner Verzweiflung habe ich beschlossen, morgen nach London zu fahren. Ich werde zu Waterstones gehen und den Laden auf den Kopf stellen, bis ich das Buch gefunden habe, das mir die Welt erklärt, wie sie wirklich ist, und das mir hilft, mit diesem großen Verlust fertigzuwerden."

„Bei mir klopft gerade jemand an. Wollen wir uns morgen treffen?"

„Warum nicht? Wie wär's mit einem zweiten Frühstück bei Fortnum & Mason? Das ist ja praktisch gleich nebenan. Dann kann ich dir erzählen, was es noch an interessanten Neuigkeiten gibt."

„Gibt es welche?"

„Yessiree!"

„Okay. Um elf?"

„Gebongt."

„Bis dann."

Monique nahm den zweiten Anruf an. Wie sie vermutet hatte, war es Robbie. Sie hatte ihn gebeten herauszufinden, wo Miss Girdlestone gewohnt hatte, und der hatte dafür nicht lange gebraucht. Es war im Osten Londons, genauer gesagt in Forest Gate South.

„Sie hat sich dort ein Reihenhaus mit einer gewissen Jemma Clyne geteilt", fügte Robertson noch hinzu.

„Ziemlich weit draußen und nicht die beste Gegend."

„Aber dafür sicher erschwinglich."

„Ja, wahrscheinlich."

Monique hatte vor kurzem gelesen, dass die ehemaligen Pferdeställe, wie sie einen bewohnte, in den 60er-Jahren noch für unter 10.000 Pfund zu haben waren, inzwischen aber in der Regel für 3.000.000 Pfund und mehr den Besitzer wechselten. Forest Gate war von diesem Irrsinn wohl noch verschont geblieben.

Robbie hatte sich auf kein langes Geplauder eingelassen und das Gespräch beendet. Sollte sie jetzt noch mal Alathea anrufen? Ach, sagte sie sich, sicher hatte die Kleine nichts wirklich Interessantes zu erzählen. Nichts, was nicht bis morgen Vormittag Zeit hatte. Die heißeste Spur, das sagte ihr ihr Gefühl, führte jetzt nach Forest Gate.

13

Monique konnte sich nicht erinnern, jemals zuvor im Bezirk Newham in East London gewesen zu sein. Nicht gerade jener Traum von London, den die Touristen träumten. Viel Arbeitslosigkeit, viel Armut, hohe Kriminalitätsrate. Und auch der Stadtteil Forest Gate South, wo Miss Girdlestone gewohnt hatte, gehörte nicht zu den Inseln der Prosperität und Rechtschaffenheit in Newham. O nein, ganz und gar nicht! Deshalb wohl die erfreulich günstigen Mieten. Keine Dornen ohne Rose. Überhaupt, nicht nur die Mieten sorgten in der Bewertung dieser östlichen Peripherie für kleine Lichtblicke. In der Liste der hier registrierten Straftaten standen Autodiebstahl und Sexualdelikte ganz oben. Es gab in Forest Gate South also erstens genügend Leute mit Auto und zweitens waren die Menschen trotz der tristen Umgebung irdischen Verlockungen gegenüber nicht abgeneigt. Während Monique das durch den Kopf ging, prüfte sie ganz automatisch, ob die Steyr-Mannlicher da war, wo sie sein sollte. Man konnte nie wissen, gell?

Als Monique aus dem Bahnhof herauskam, hatte sich die Sonne ein wenig hervorgekämpft und tauchte die Gegend in ihr freundliches Licht. Sie sah sich um. Alles wirkte kleinstädtisch und ein wenig zusammengewürfelt. Da waren zwei Pubs, deren Namen an die guten alten Zeiten erinnerten: The Fox and Hound hier und The Railway Tavern dort. Die Häuser waren zwei-, teils sogar nur eingeschossig und boten der einheimischen Bevölkerung alle lebensnotwendigen Dinge: Fastfood, Smartphones, e-Zigaretten. Sogar ein Handleser und Sternendeuter hatte sich dort niedergelassen. Sicher hatte er viele Kunden unter den Nutzern des streckenweise etwas undurchsichtigen öffentlichen Nahverkehrs.

Während der Zugfahrt hatte Monique sich mit der Topografie des Ortes vertraut gemacht und steuerte nun ihr Ziel an, ohne auf den Stadtplan schauen zu müssen. Je näher sie ihm kam, desto orientalischer wirkten die Geschäfte am Straßenrand. Und auch die Menschen, die dort einkauften. Ja, das Weltreich war den Engländern nach dem Krieg flöten gegangen, aber dann waren die Menschen von allen Enden der Erde gekommen, um genau jenes britische Empire hier auf der Insel einige Nummern kleiner neu entstehen zu lassen. Eigentlich nett von ihnen. Monique schlenderte die lange von Geschäften gesäumte Upton Lane entlang und wunderte sich, was es hier so alles zu kaufen gab.

Schließlich kam sie zu der kleinen Nebenstraße, in der Miss Girdlestone gewohnt hatte. Beiderseits die typisch englischen, zweigeschossigen Reihenhäuser, fast alle mit einem vorspringenden Erker, was ihnen einen gewissen Charme verlieh, und einem winzigen Gärtchen, in dem heutzutage jedoch nur noch verschiedenfarbige Mülltonnen gediehen.

Monique klingelte bei Hausnummer 31, wo *Girdlestone* und *Clyne* an der Tür stand. Es dauerte eine Weile, bis jemand öffnete.

„Hallo", sagte sie zu der jungen Frau, die sie schweigend anstarrte. Das musste Jemma Clyne sein, dachte sie. „Ich wollte zu Amber." Gut, dass ihr Robbie auch den Vornamen von Miss Girdlestone verraten hatte.

Die andere erwiderte nichts. Die blauen Augen blieben trübe, als sei sie gerade aufgestanden, und die straßenköterblonden Haarsträhnen sahen nicht nur ungekämmt, sondern auch ungepflegt aus.

„Ich muss sie unbedingt sprechen." Monique sah sich misstrauisch um und sagte dann halblaut und mit Verschwörermiene: „Es ist tierisch wichtig. Ich bin Kiera, weißt du?"

Natürlich wusste sie nicht, aber nach kurzem Zögern ließ sie Monique trotzdem herein und führte sie immer noch wortlos in einen Raum, der wohl zu anderen Zeiten und für andere Bewohner mit dem Behaglichkeit und Komfort signalisierenden Begriff Wohnzimmer in Zusammenhang gebracht worden war. Jetzt aber beherbergte er Möbel, die sich wohl nur deshalb dort befanden, weil sie nicht in die Mülltonne passten.

„Du bist Jemma, nicht wahr? Amber hat dir bestimmt von mir erzählt. Auch, was wir vorhaben, oder?"

Jemma Clyne schüttelte den Kopf. Monique rätselte, wie man sie wohl dazu bringen könnte, den Mund aufzumachen.

„Nein? Schade. Eine total geile Sache. Aber sag, ist sie etwa nicht da?"

„Nein. Willst du dich nicht setzen?"

Sie konnte also tatsächlich sprechen. Monique entschied sich für einen Stuhl, der halbwegs stabil aussah.

„Sie kommt doch sicher bald wieder, oder?"

„Amber ... Amber lebt nicht mehr."

„Wie? Was heißt, sie lebt nicht mehr?"

„Na, dass sie tot ist. Sie ist letzte Nacht gestorben."

„Wow! Das haut mich jetzt echt um. Gut, dass ich gerade sitze."

„Sie ist ... umgebracht worden."

„Was? Wie das? Wer hat das getan?"

Jemma zuckte die Schultern.

„Die Polizei weiß noch nichts Genaues."

Monique schüttelte betroffen den Kopf.

„Ja, so ist das manchmal, nicht wahr?", meinte Jemma. „Ich bin auch noch ganz geschockt."

Eine Weile schwiegen sie beide.

„Und was ist das, was ihr vorhattet?" Jetzt hatte Jemma Clynes Gesichtsausdruck etwas Lauerndes.

„Was wir vorhatten?" Monique versuchte, sich nach dem Schock wieder zu sammeln. „Ja, also ... weißt du, wir haben eine richtig geile Aktion vorgehabt. Mensch, mit der wären wir garantiert in die Zeitung gekommen, wahrscheinlich sogar ins Fernsehen. Es war so, wir wollten das Monument von Prinz Albert, das vor der Royal Albert Hall, weißt du? Das wollten wir mit Sauerkraut eindecken. Wahnsinnsidee, nicht wahr? Einer von uns hat dafür extra einen Feuerlöscher so umgebaut, dass man mit ihm nicht nur Farbe, sondern auch solche Sachen in die Gegend schleudern kann. Natürlich geht so eine Aktion nur bei gutem Wetter, weil Regen das Zeug ja sofort wieder wegspülen würde. T-Shirts mit der Aufschrift JUST STOP THE KRAUTS hatten wir auch schon drucken lassen."

Jemma sah sie ziemlich verständnislos an.

„Das ist doch so, Victoria war Hannover und ihr Albert war Sachsen-Coburg und Gotha. Auf dem Thron sitzt jetzt deren Ur-was-weiß-ich-Enkel, und das ist letztendlich auch ein Deutscher. Der nennt sich doch nur Windsor, damit wir denken, er wäre Engländer. Aber das haben wir durchschaut. Deshalb werden wir skandieren: „England den Engländern" und dann Flugblätter an die Journalos verteilen, die ihnen haarklein verklickern, dass dieser Charles in Wirklichkeit ein Deutscher ist und dass England endlich wieder einen englischen König braucht. Mensch, das wird eine Mordsache werden." Moniques Gesicht glühte vor Begeisterung, aber dann sackte sie förmlich in sich zusammen. „Aber jetzt, wo Amber ... ach, so ein Mist!"

Aus Jemmas Zügen sprach aufrichtiges Mitleid.

„Hat Amber nie mit dir über diese Sache geredet?"

Jemma schüttelte den Kopf.

„Ich meine jetzt nicht unbedingt unsere Aktion. Ich meine ganz allgemein, dass die Windsors wegmüssen und so."

Jemma überlegte.

„Kann schon sein, dass sie mal was in die Richtung gesagt hat."

„Es geht ja nicht nur um diesen Charles. Auch um die anderen, die Edwards und die Georges. Der Achte zum Beispiel, ich meine Edward, der war ja ziemlich dicke mit Hitler und so. Das hat Amber dir doch sicher auch erzählt."

„Kann sein ... doch, jetzt, wo du es sagst, ich erinnere mich."

„Na klar. Über den hat sie sich immer besonders geärgert. Sie hat doch immer gedacht, irgendwo mal was Belastendes über ihn rauszufinden, nicht wahr? Ich meine, weil sie doch auch eine von den Journalos war. Natürlich eine von den Guten, versteht sich."

„Edward VIII.?" Jemma dachte angestrengt nach. „War das nicht der, der eine Amerikanerin geheiratet hat? Über den haben wir mal was im Fernsehen gesehen."

„Hab ich doch gesagt, der hatte es Amber angetan."

„Schon möglich."

„Und?", fragte Monique.

„Was meinst du?"

„Na, wie du dazu stehst. Ich meine jetzt, wo Amber nicht mehr dabei ist. Vielleicht magst du dich unserer Gruppe anschließen."

„Muss ich mir mal überlegen."

„Klar. Tu das. Je länger ich drüber nachdenke, unsere Aktion muss weitergehen. Auch wenn Amber jetzt nicht mehr dabei ist. Gerade ihr sind wir das schuldig, dass wir weitermachen. Jemand muss ihren Stab aufnehmen und ihre Fahne hochhalten. Findest du nicht auch?"

„Sicher."

„Also, weißt du, Jemma, im Augenblick sehe ich da nur ein kleines Problem. Vielleicht kannst du mir da weiterhelfen. Der Typ, der die Sauerkrautschleuder gebaut hat, den kannte nur Amber. Kannst du mir helfen, Kontakt zu dem zu bekommen?"

„Ich? Also, ich fürchte ..."

„Nein? Mist. Aber vielleicht kennst du irgendjemanden, mit dem sie sich in letzter Zeit häufiger getroffen hat. Der vielleicht sogar mal hier war. Jemand richtig Vertrauenswürdiges halt, mit dem man solche Sachen machen kann."

Jemma blickte wie hilfesuchend himmelwärts, aber dann zuckte sie die Schultern.

„Keine Ahnung, tut mir leid."

„Na, kann man nichts machen."

Monique stand auf.

„Dann mach ich mich mal wieder auf den Weg. Irgendwie krieg ich den Typen schon." Sie umarmte Jemma zum Abschied. „Wirklich ganz schrecklich, das mit Amber. Und denk auf jeden Fall drüber nach, ob du nicht vielleicht doch bei der Sauerkrautaktion mitmachen willst."

Als sie draußen war, dachte sie, nicht sehr helle das Mädel. Aber diesmal irrte Monique.

14

Es war schon fast dunkel, aber immer noch trocken, als Monique wieder Richtung Upton Lane schlenderte. In der Hauptstraße schien irgendetwas los zu sein, und das hatte sich wie das sprichwörtliche laufende Feuer bis in die Seitenstraße rumgesprochen. Etliche Menschen standen vor den Häusern, starrten in Richtung Upton Lane und redeten aufgeregt miteinander. Als Monique dort ankam, sah sie eine fröhliche Menschenmenge, ganz überwiegend aus männlich gelesenen Personen bestehend, was man in vielen Fällen an der Gesichtsbehaarung und ersatzweise an der Bekleidung festmachen konnte. Einige waren damit beschäftigt, ein mitten auf der Straße angelegtes Feuer mit neuer Nahrung zu versorgen. Besonders geeignet schienen dafür Müllcontainer zu sein, wahrscheinlich, weil deren Rollen das Heranbringen ungemein erleichterten. Ein Stückchen weiter befand sich ein Streifenwagen mit eingeschlagenen Scheiben am Straßenrand. Er lag auf der Seite, und das war sicherlich sehr hilfreich. So konnte man die Nummer auf dem Dach sehr schön lesen, und wann sieht man sonst schon, was oben auf einem Polizeibrummbrumm draufsteht?

Es herrschte eine ausgelassene, fröhliche Stimmung. So ungefähr stellte Monique sich den Karneval in der Karibik oder in Brasilien vor. Lustig flackerte das Licht der brennenden Müllcontainer, auch wenn die Flammenzungen viel zu schnell in schmuddeligen, schwarzen Qualm übergingen. Und dann bemerkte Monique, dass in einiger Entfernung ein neues Feuer im Entstehen war und zwar mit einem roten Doppeldeckerbus als Ursprung und Mittelpunkt. Es dauerte nicht lange, und der Bus brannte lichterloh und dieses neue Flammenmeer degradierte all die brennenden Müllcontainer zu armseligen kleinen Feuerchen.

Monique starrte genau wie die anderen fasziniert auf das beeindruckende Spektakel. Etliche hatten ihr Handy gezückt, um das Ereignis für die Nachwelt festzuhalten. Auch das erinnerte doch sehr an Karneval, nicht wahr?

Schließlich riss Monique ihren Blick los von dem Bus – den man kaum noch als solchen bezeichnen konnte – und ließ ihn, nämlich ihren Blick, umherschweifen. Polizei war weit und breit nicht zu entdecken, wenn man von dem umgekippten Streifenwagen einmal absah. Da sich an dem ausgelassenen Treiben mehrere Hundert Menschen beteiligten – wie bereits erwähnt, fast ausschließlich männlich gelesene – war die Polizei vermutlich zahlenmäßig unterlegen gewesen und hatte es vorgezogen, deeskalierend zu wirken. Polizeipräsenz hätte die arglose, fröhliche Zusammenkunft möglicherweise gestört und berechtigterweise den Zorn der Feiernden erregt.

In dem munteren Treiben hätte Monique beinahe den Mann übersehen, der ihr folgte, aber halt nur beinahe. Sie wurde auf ihn aufmerksam, weil er sich nicht von der allgemeinen Begeisterung anstecken ließ und sonderbar teilnahmslos blieb. Und als Monique ein Stück weiterging, blieb er nicht nur weiterhin teilnahmslos, sondern auch in ihrer Nähe.

Folgte er ihr vielleicht schon, seit sie Jemma Clyne verlassen hatte? Sie beschloss, ihrem Schatten ein wenig auf den Zahn zu fühlen.

Sie schlenderte in Richtung des Bahnhofs zurück. Schon bald kam sie in eine Gegend, wo die Straße praktisch menschenleer war. Scheinbar hatten sich alle Leute entweder dem erlebnisorientierten Teil der Bevölkerung angeschlossen und tummelten sich dort, wo die Freudenfeuer brannten, oder sie waren zu der Überzeugung gelangt, dass es entschieden besser sei, die relative Sicherheit ihrer eigenen vier Wände nicht leichtfertig aufs Spiel zu setzen.

Als sie zu einer kleinen Grünanlage kam, in deren Mitte eine Kirche stand, verweilte Monique und spähte vorsichtig in alle Richtungen. Dabei gab sie ihrem Verfolger Gelegenheit, rechtzeitig in Deckung zu gehen, und als er das getan hatte, war sie im Nu über den Zaun hinweg. Ein paar uralte Grabmale legten Zeugnis davon ab, dass Menschen hier einst ihre letzte Ruhe gefunden hatten. Auch die Kirche inmitten der Gräber – Monique tippte auf 19. Jahrhundert und neugotisch – war ein seltenes Relikt aus einer fernen Zeit. Lange bevor Forest Gate von der gefräßigen Megametropole London verschlungen worden war, mochte es hier eine kleine, verschlafene Ortschaft mit einem heimeligen Kirchlein und einem namensgebenden Zugang zu einem Wald gegeben haben.

Ein paar Bäume zerstreuten und dämpften das Licht der Straßenlaternen, sodass Monique sich im Halbdunkel wie in einer anderen Welt vorkam. Von der Kirche konnte sie nur die Mauern mit den Buntglasfenstern erkennen. Alles darüber verschwamm in der Dunkelheit. Wow, dachte sie, eine echt idyllische Ecke hier. Statt karibischem Karneval nun also viktorianische Schauerromantik.

Das Licht reichte sicher aus, um ihren Verfolger erkennen zu lassen, wie sie zwischen den Grabsteinen hindurch über die Wiese schlich. Sie sah sich ein oder zwei Mal vorsichtig um und verschwand schließlich hinter dem Kirchengebäude. Wenn er Mumm in den Knochen hat, sagte sich Monique, wird er hinter mir herkommen. Sie schmiegte sich an die graue Wand hinter einem Mauervorsprung, zog die Steyr-Mannlicher aus dem Halfter und wartete.

Von dem fernen Tohuwabohu war nichts zu hören. Nur ein schwaches Leuchten in der Ferne und darüber eine Fahne schwarzen Qualms zeigten an, wo es tobte.

Jeden Nerv angespannt lauschte Monique in die Stille. Zäh krochen die Sekunden dahin.

Da berührte etwas Weiches ihr Bein. Um ein Haar wäre sie zusammengezuckt. Sie sah nach unten. Eine Katze. Jetzt fing sie auch noch an zu schnurren. Monique versuchte sie mit dem Fuß sanft wegzuschubsen, aber die betrachtete das als Aufforderung zum Spielen und angelte behutsam mit der Pfote nach ihrem Bein.

Genau in diesem Augenblick kam Moniques Verfolger um die Ecke.

15

Als Monique am nächsten Morgen gerade aufstand und ins Bad ging, um zu duschen, verharrte Louise in ihren Bademantel gehüllt am Fenster und sah Simon hinterher. Leider sortierte der im Geiste bereits, welche riskanten Zertifikate, Futures, Swaps, Optionen, Anleihen und Turbos er heute kaufen oder verkaufen musste, um zu verhindern, dass er und Louise in die Mittel- und damit zwangsläufig auch in die Wohnungslosigkeit abrutschten. Da sein geistiges Auge schon mit einer Ahnung von Zahlen, Charts und Kursverläufen auf flimmernden Bildschirmen überreizt war, kam er gar nicht auf die Idee, zurückzusehen und seiner Frau noch einmal zuzuwinken, bevor die sich in ihr Hausfrauenabenteuer stürzen musste.

Louise war sicher, dass die Männer früher am schweren Schicksal ihrer Frauen mehr Anteil genommen hatten. Sie sollte unbedingt heute Abend mit ihm darüber reden. So sehr war sie in Anspruch genommen von dem Problem, wie Abschiedsrituale richtigerweise zu zelebrieren seien, dass sie den Mann, der am Haus vorbeiging, nicht weiter beachtete. Vielleicht würde es ihrer Rolle entsprechen, morgens nicht vom Fenster aus Simon hinterherzusehen, sondern ihn bis vor die Tür zu begleiten, ihm einen Abschiedskuss auf die Wange zu hauchen und dann ein Lebewohl hinterherzuwinken. Jetzt war er vor der Wohnung von Monique stehen geblieben. Nein, nicht *sie* würde *ihn* küssen. Ganz sicher war es Simons Aufgabe, *ihr* einen Abschiedskuss zu geben und nicht umgekehrt. Aber auf jeden Fall musste sie fertig angezogen sein. Sie konnte unmöglich im Bademantel vor die Tür gehen. So etwas schickte sich nicht für eine perfekte Hausfrau. Er hatte sogar einen Schlüssel für Moniques Wohnung. Komisch. Im Nu war er im Haus verschwunden. Ob sie auch schon fertig frisiert und geschminkt sein müsste? Möglicherweise, dachte sie mit einem Hauch von Bedauern. Da er einen Schlüssel hatte, musste ja alles seine Richtigkeit haben. Wohl ein neuer Bekannter von Monique. Vielleicht würde sie im Netz irgendwo entsprechende Hinweise finden. Wie gebe ich als gute Ehefrau meinem Liebsten einen Hauch häuslicher Geborgenheit mit auf den Weg, wenn er aus dem schützenden Raum hinaustritt und sich auf den Weg in die harte Männerwelt begibt? Da gab es doch den YouTube-Kanal von ... wie hieß sie doch gleich nochmal?

Monique war allerbester Laune, während sie sich unter der Dusche einseifte. Ihr Gesang verkündete im Brustton der Überzeugung, dass Schauer im April nicht Regen regnen lassen, sondern Veilchen. Und das trällerte sie, obwohl doch bereits Herbst war. Monique dachte an den Abend gestern. Um ein Haar hätte diese blöde Katze alles versaut. Aber glücklicherweise hatte das Viech plötzlich das Interesse an ihr verloren. Das nahm sie dem Tier nicht übel, möglicherweise war es kein Kater, sondern eine Katze. Jedenfalls sah das brave Kätzchen den Typen um die Ecke kommen, legte die Ohren an, stellte die Rückenhaare auf und zischte wie ein Wasserkessel, bei dem die Pfeife verstopft ist. Im nächsten Augenblick war die Fellnase davongeflitzt und in der Dunkelheit verschwunden. (Bravo, das Tier hatte Geschmack bewiesen. Wenn Monique wieder mal in Forest Gate sein würde, hätte es ein Leckerli sicher.)

Moniques Verfolger sah dem Kätzchen hinterher, während er weiterging. Das hätte er nicht tun sollen. So wusste er gar nicht, wieso ihm plötzlich erst ganz hell und dann ganz dunkel vor Augen wurde.

Monique hatte die Steyr-Mannlicher, die sich als veritable Mehrzweckwaffe erwiesen hatte, wieder eingesteckt und war neben dem Mann niedergekniet. Schnell hatte sie den Bewusstlosen gefilzt.

„Mist. Ein Copper."

Eine Waffe hatte er nicht bei sich gehabt. Ja, früher hatten die Polizisten dem Volk auch ohne so was Respekt eingeflößt, waren als behelmte Bobbies mit geschwellter Brust die Straßen entlang stolziert, mit nichts bewaffnet als einer Trillerpfeife. Aber die Zeiten waren längst vorbei. Auch Moniques Bedauern, den armen Kerl so lieblos behandelt zu haben, hielt sich in Grenzen. Immerhin war er ja noch am Leben.

Sie hatte ihn schließlich in die Mauernische gezogen, in der sie selbst zuvor verborgen gewesen war, und ihn seinem Schicksal und den nicht mehr allzu fernen Kopfschmerzen überlassen.

Wassertropfen und Dampf trübten mittlerweile die Sicht durch die Plexiglasscheibe der Dusche. Deshalb bemerkte Monique nicht, dass sich die Badezimmertür einen Spalt öffnete. Sonst hätte sie ganz sicher gedacht: „Wenn ich doch bloß mein Baby dabei hätte." Aber sie hatte nun einmal nichts bemerkt und konnte deshalb auch nicht beklagen, ohne ihre Steyr-Mannlicher unter der Dusche zu stehen. Stattdessen wandte sie der Tür auf der Suche nach dem Haarshampoo sogar leichtfertigerweise den Rücken zu. Nun war ihr Rücken durchaus ein ganz passabler Anblick, aber ihren ungebetenen Besucher schien er nicht zu interessieren.

War es der sechste Sinn, der sie im letzten Moment warnte oder hatte sie den Eindringling aus dem Augenwinkel heraus doch noch wahrgenommen? Gerade versuchte der Mann die Tür aufzuschieben, als sich Monique umdrehte, den Griff packte und dagegenhielt. Als der andere jetzt seine ganze Kraft einsetzte, ließ sie auf ihrer Seite los. Mit lautem Knall schnellte die Tür zur Seite. Monique registrierte sofort, dass der andere ein Messer in der Rechten hielt. Sie packte sein Handgelenk. Gleichzeitig sauste ihr rechtes Knie in die Höhe. Ihr Widersacher gab ein klägliches Stöhnen von sich und klappte zusammen. Dann ein Knall, die Plexiglasscheibe splitterte, und das Messer fiel zu Boden. Aber der Mann gab sich nicht so leicht geschlagen. Er ging zum Gegenangriff über und schon wälzten sich die beiden am Boden. Als der andere sich aufrappelte, um sein Messer wieder in die Finger zu bekommen, riss Monique ihm den Duschvorleger unter den Füßen weg. Er versuchte, das Gleichgewicht nicht zu verlieren, aber schon schoss Monique auf ihn zu und gab ihm einen heftigen Stoß. Er flog durch die offene Badezimmertür in den winzigen Flur hinaus. Aber dort blieb er nicht. Der Schwung reichte, um ihn auf der anderen Seite holterdiepolter die stählerne Wendeltreppe hinab purzeln zu lassen.

Wie der Blitz war Monique hinter ihm her, aber lautlos, auf nackten Sohlen halt. Aber Eile war nicht vonnöten. Der ungebetene Besucher hatte sich das Genick gebrochen.

Monique war noch damit beschäftigt, sich von seinem bedauernswürdigen Gesundheitszustand ein Bild zu machen, da ertönte von der Haustür her ein munteres Klingeln. Weiterer Besuch?

16

Monique hockte neben einer Leiche, hatte dabei nicht mehr an als die kauernde Lely-Venus im Büro der Vorsteherin und nahm gerade Abschied von dem einen Besucher, da kam doch tatsächlich schon der nächste.

Ohne lange zu überlegen, packte sie den Toten und zerrte ihn hinters Sofa.

Wieder klingelte es, dieses Mal schon recht fordernd.

Nach oben gehen und sich etwas anziehen, dafür war jetzt keine Zeit. Also nachsehen, wer da was von ihr wollte. Sie öffnete die Tür einen kleinen Spalt.

„Guten Morgen. Ms Meurisse?"

Monique bezweifelte zwar, dass es ein guter Morgen war, aber Meurisse zu heißen, konnte sie nicht leugnen.

„Detective Inspector Woodhead. Ich hätte Sie gerne auf ein Wort gesprochen, Ma'am."

Monique sah sich in der Bredouille. Sie konnte den Mann von Scotland Yard unmöglich hereinbitten und ihn dann mit der Leiche allein lassen, während sie sich oben hübsch machte. Aber sie konnte ihn auch schlecht vor der Tür stehen lassen. Es hatte nämlich wieder angefangen zu regnen. Und zwar Regen und keine Veilchen. Also entschloss sie sich für die dritte Möglichkeit. Sie machte die Tür weit auf und bat den Inspektor einzutreten.

Als der bemerkte, dass sie splitterfasernackt war, stutzte er. Aber Monique tat, als sei es für sie ein ganz normaler Vorgang, sich so nicht nur in der Wohnung zu bewegen, sondern auch Besucher zu empfangen, sogar solche in offizieller Mission. Also gab sich der Inspektor Mühe, den Eindruck zu erwecken, als wäre das auch für ihn ganz normal. Vielleicht, dachte Monique, ging es ihm wie den Erwachsenen in Andersens Märchen, und er wollte nicht als dumm oder unfähig dastehen. Wer will das schon, gell?

Sie dirigierte ihn zu einem Sessel möglichst weit weg vom Sofa und setzte sich selbst ihm gegenüber und zwar so, wie es sich für Frau gehörte: Knie zusammen und Beine zur Seite abgewinkelt. Es soll einem ja keiner unter den Rock gucken! Man war schließlich nicht bei *Basic Instinct*, hier ging es anständig zu.

Moniques Gegenüber machte allerdings ein ähnlich unglückliches Gesicht wie die Herren, die sich dereinst vis-à-vis von Sharon Stone versammelt hatten.

Schließlich räusperte sich der Polizist.

„Ich hoffe, ich komme nicht ungelegen."

„I wo. Schießen Sie los, was haben Sie auf dem Herzen, Inspektor?"

„Es ist wegen des Todesfalls Girdlestone." Woodhead bemühte sich, nicht in Moniques Richtung zu sehen, und schöpfte so langsam wieder Mut. „Detective Superintendent Seagrave hat uns gebeten, Ihnen noch ein paar Fragen zu stellen. Sozusagen im Rahmen der Amtshilfe. Und außerdem habe ich selbst auch ein paar Fragen an Sie."

„Sie selbst haben auch welche? Das freut mich. So haben Sie den Weg zu mir nicht ganz vergeblich auf sich genommen."

Woodhead sah sie fragend an.

„Ich meine, weil ich nämlich die Fragen von Detective Superintendent Seagrave gestern bereits so ausführlich beantwortet habe, dass mir wohl nichts mehr dazu einfallen wird."

Monique lächelte ihn bei diesen Worten so unschuldig an, dass Woodhead sich irritiert am Kopf kratzte.

„Mmh. Es ist so, der Super hat gestern, nachdem er mit ihnen gesprochen hatte, noch die Aussage einer gewissen ..." Er konsultierte sein Notizbuch. „ ... Ms Ludovica Citvitella aufgenommen. Sie erzählte eine abenteuerliche Geschichte ..."

„Weil sie uns, ich meine Mr Finsburg-Stallard und mich, auf dem Dachboden getroffen hat?", fiel Monique ihm ins Wort. Und der Super hat das geglaubt?" Monique lachte. „Da hat er sich von der alten Dame ganz schön aufs Glatteis führen lassen. Wissen Sie, wie alt Aunt Lulu ist? 90 ist sie, verstehen Sie? 90. Ich will nicht sagen, dass sie verwirrt ist, aber sie bringt sicher dies und das schon mal durcheinander. Von wegen Honolulu und so. Lachhaft. Geträumt hat sie. Von früher. Schauspielerin, das ist sie mal gewesen, und sie hat auch in dem Film eine kleine Rolle gehabt, wo Kinder auf dem Dachboden einen Mann finden, der sich dort vor der Polizei versteckt und den sie für Jesus halten. Kennen Sie den Film zufällig? Und jetzt hat sie geträumt, Mr Finsburg-Stallard wäre Jesus? Nein, so was Witziges. Der ist dafür viel zu dick. So hat Jesus nicht mal ausgesehen, bevor er die 40 Tage in der Wüste gefastet hat."

Monique hatte geredet, ohne Luft zu holen, und Woodhead hatte keine Chance gehabt, sie zu unterbrechen. Aber jetzt gab es für ihn kein Halten mehr.

„So etwas sollten Sie aber nicht sagen. Auch wenn dieser Mr Finsburg-Stallard aldibös ... adöpis ... also nicht dünn ist. Das D-Wort darf man heute nicht mehr sagen. Ich müsste jetzt eigentlich Meldung machen, dass es hier einen NKHV gegeben hat."

„Einen was?"

„Einen *Nicht Kriminellen Hass Vorfall*. Und im Übrigen kann es doch sein, dass Jesus auch albidös ... ach, Sie wissen schon, gewesen ist. Er stand doch immer auf der Seite der Schwachen und Benachteiligten, war quasi selber einer von ihnen. Damals der Armen, der Hungernden und heute einer von den ... ja, von denen."

„Was Sie nicht sagen! Also, das heißt ... Moment mal. Nein, sagen Sie nichts. Vielleicht ... vielleicht ... es würde erklären, warum er sich verdammt gut auskennt mit dem, was vor 2000 Jahren passiert ist. Finsburg-Stallard meine ich. In so was ist er nämlich wirklich firm. Er weiß sogar, dass sich die alten Römer Steine aus Bath geholt haben, und wer sonst kann sich heutzutage noch daran erinnern? Und es sollte mich nicht wundern, wenn er Stiefelchen sogar persönlich gekannt hat."

„Stiefelchen?"

„Das war der mit dem gebutterten Toast."

„Dem gebutterten ...?"

„Toast."

Woodheads Miene hatte immer verzweifeltere Züge angenommen. Toastscheiben, Stiefel und Steine aus Bath, all das wirbelte ihm im Kopf herum. Wie im Fieber gierte er förmlich nach einem Anknüpfungspunkt, um zum eigentlichen Thema seines Besuchs zurückzufinden. Warum war er hier? Verzweifelt versuchte er sich zu erinnern. Eine leise Stimme aus jener Region des Gehirns, die für unser Wohlbefinden zuständig ist, riet ihm, das Gespräch lieber nicht fortzusetzen. Er konnte sich doch damit zufriedenzugeben, den NKHV zu melden. Immerhin war seine Abteilung da zahlenmäßig in diesem Monat noch weit hinter den Vorgaben des Ministeriums hinterher. Aber dann fielen ihm die Kollegen in Wiltshire ein. Was sollten sie von Scotland Yard denken, wenn er am Ende nicht mehr als *das* vorweisen konnte? Da tauchte aus seinem Gedankenchaos Ms Girdlestone auf, ein wenig mit Butter bekleckert, aber egal. Woodhead war wieder in der Spur.

„Die Kollegen von der Wiltshire Constabulary haben am Tatort Spuren eines Einbruchs festgestellt. Ein Eingang zum Südflügel des Gebäudes wurde vermutlich gewaltsam geöffnet."

„Was Sie nicht sagen. Sie meinen auf der Seite, wo es zum *Butler's House* geht?"

„Äh ... ich vermute."

„Na klar, die wird es sein. Und dann ist der Einbrecher den Flur entlang und dabei mit dem Altmetall an den Wänden in Konflikt geraten, und das hat mich geweckt. Einbrecher schleicht durchs Haus, ein paar andere Leute schleichen auch und so weiter. Passt alles."

„Was den Kollegen noch etwas Kopfzerbrechen bereitet, ist die Frage, was der Einbrecher wollte. Er ist sicher nicht nur gekommen, um Ms Girdlestone zu ermorden. Die hätte er sicher nicht auf dem Dachboden zu finden gehofft."

„Schade, passt also doch nicht alles."

„Die meisten Einbrecher kommen, um etwas an sich zu nehmen, was ihnen nicht gehört, aber bisher hat niemand der Polizei gegenüber irgendwelche Angaben gemacht bezüglich abhandengekommener Dinge."

„Er wurde gestört und ist mit leeren Händen wieder abgehauen. Was meinen Sie?"

Woodhead sah sie lange schweigend an.

„Könnte es sein, dass die, die auf der Jagd nach den Einbrechern waren, in Wirklichkeit auf etwas anderes Jagd gemacht haben?"

„Oh, jetzt wird es spannend. Mit denen, die Jagd auf die Einbrecher gemacht haben, meinen Sie ..."

„ ... Mr Finsburg-Stallard und Sie, Ms Meurisse, sie beide in erster Linie. Könnte es sein, dass es gar keine Einbrecher gab? Könnte es sein, dass Sie und Mr Finsburg-Stallard sich auf den Dachboden begeben haben, um dort etwas zu suchen? Und könnte es sein, dass Sie beide dabei von Ms Civitella überrascht wurden?"

„Sehr unwahrscheinlich. Da ist doch nur altes Gerümpel auf dem Boden."

„Mmh. Sagen Sie, Ms Meurisse, Sie haben gestern gegenüber der Wiltshire Polizei angegeben, Ms Girdlestone erst am Abend vor ihrem Tod kennengelernt zu haben", wechselte Woodhead das Thema.

„Das stimmt."

„Dass Sie das angegeben haben oder dass Sie sie erst zu diesem Zeitpunkt kennengelernt haben?"

Monique lächelte.

„Sie sind aber ein ganz Genauer. Tatsache ist, dass ich beide Fragen mit *Ja* beantworten kann."

Woodhead fixierte Monique, sah dann aber doch schnell wieder weg.

„Ms Girdlestone hatte hier in London eine Wohnung, und zwar in Forest Gate South, um genau zu sein, eine Wohnung, die sie mit einer gewissen Jemma Clyne teilte."

Monique wartete ab, was kommen würde.

„Und das führt mich zur ersten von meinen eigenen Fragen." Woodhead machte eine genießerische Pause. „Kann es sein, dass Sie gestern Ms Clyne einen Besuch abgestattet haben? Und das, wo Sie Ms Girdlestone doch gerade erst kennengelernt hatten."

Moniques kleine graue Zellen versuchten einen neuen Geschwindigkeitsrekord aufzustellen. Wie zum Kuckuck hatte die bei Scotland Yard das denn rausbekommen? Hatte sie gestern auf dem Friedhof eine Visitenkarte verloren? (Natürlich nicht. Sie besaß gar keine. Jedenfalls keine auf ihren tatsächlichen Namen.) Selbst wenn der Copper von gestern eine erstklassige Personenbeschreibung von ihr abgegeben hätte – er oder Jemma Clyne, was es das anging – wie hatte man sie so schnell ausfindig gemacht? Und so ganz nebenbei: Der Mann hinter ihrem Sofa war der auch wegen ihres Besuchs bei Jemma Clyne gekommen?

„Gestern? Aber nein. Gestern war ich im *British Museum*. Also, kaum dass ich mal ein paar Tage auf dem Land verbringe, befällt mich immer ein Heißhunger auf Kultur. Die Lely-Venus und so, Sie wissen schon, nicht wahr?"

„Die Lely-Venus, sagen Sie? So so." Er kniff die Augen zusammen. Monique betrachtete es als Zeichen, dass er sich seiner Sache ganz und gar sicher war.

Woodhead stand auf und fing an, im Raum hin und her zu gehen, wie um seine innere Unruhe zu bemänteln.

„Also, Ms Meurisse", setzte er an, um sie dann überrascht anzustarren, weil sie nämlich auch aufgestanden war. Schließlich musste sie verhindern, dass er in die falsche Richtung wanderte.

„Also, wie gesagt, wir haben Grund zu der Annahme, dass Sie gestern Ms Clyne in der Wohnung in Forest Gate South aufgesucht haben."

„Nein, das hatten Sie noch gar nicht gesagt."

„Dann sage ich es jetzt. Also?"

„Nein, tut mir leid. Ich bin gestern nicht in Forest Gate gewesen. Und was sagen Sie jetzt, Herr Inspektor?"

Monique baute sich vor dem Polizisten auf, die Hände in die Hüfte gestemmt. Das schüchterte den armen Kerl derart ein, dass er sich lieber wieder setzte. Glücklicherweise sah er ihre Gänsehaut nicht. Er hätte es für ein Zeichen der Furcht halten können, dabei wurde ihr einfach nur langsam kalt. So ohne alles. Irgendwie musste sie diesen Woodhead endlich loswerden.

„Sie haben sicher keine weiteren Fragen, nicht wahr?"

„Wenn ich noch eine ..."

„Dann machen Sie, aber schnell."

„Haben Sie schon einmal von einem gewissen Peter Wendover gehört?"

Kaum hatte er das gesagt, ärgerte er sich, die Frage irgendwie sinnlos verpulvert zu haben. Er hätte sie triumphierend stellen wollen, ihr an den Kopf werfen, um die Meurisse damit zu überraschen, zu erschüttern, ja, zum Zusammenbruch zu bringen. Wie ein Häufchen Elend hätte sie ihm am Boden zerstört die ganze Wahrheit gestehen sollen. Jetzt musste er sie quasi zwischen Tür und Angel noch schnell loswerden. Wie ein Bittsteller.

Entsprechend kühl fiel die Reaktion aus:

„Wohnt der auch in Forest Gate?"

„Äh, ich glaube nicht."

„Sehen Sie, dann kann ich Ihnen leider auch nicht weiterhelfen."

Und mit diesen Worten öffnete sie ihm die Haustür.

Als Woodhead weg war, verriegelte Monique erleichtert die Tür und ging dann nach oben, um sich endlich anzuziehen. Sie bezweifelte, dass er ihre Geschichtchen geschluckt hatte. Aber egal. Sie rief Robbie an und erklärte ihm, dass der Teppich, den man ihr geliefert habe, beschädigt sei und dass man ihn bitte wieder abholen solle. Jetzt wussten die, dass sich in ihrer Wohnung eine Leiche befand, die darauf wartete, auf diskrete Weise entfernt zu werden. Monique hatte keine Ahnung, ob die Leute, die damit betraut wurden, auch noch andere Aufgaben hatten oder ob es genug Vorfälle dieser Art gab, um sie ausreichend zu beschäftigen.

Sie hatte noch etwas Zeit bis zu ihrer Verabredung mit Alathea. Also griff sie zu ihrem Tablet. Sie wollte herausfinden, was da gestern bei ihrem Ausflug in die urbane Provinz los gewesen war. Und siehe da, gleich vorneweg gab es tatsächlich als Aufmacher eine Nachricht aus Forest Gate, aber gar nicht das, was sie erwartet hatte. Da war ein unscharfes Bild von einer Überwachungskamera, das einen Typen zeigte, der sich eine Kapuze bis ins Gesicht gezogen hatte, und dazu trug er auch noch eine Maske, die nach Corona wohl noch liegen geblieben war. Mit einem Wort: Man sah von seinem Gesicht praktisch nichts. In der Hand hielt er einen Besenstiel mit einem Farbroller dran. Angesichts dieser Bewaffnung musste Monique unwillkürlich an Don Quijote denken.

Von einem abscheulichen, unentschuldbaren Hassverbrechen war da die Rede. Zum wiederholten Male sei in der letzten Nacht die Pride-Fahne auf dem Gehweg vor der Bahnstation im Schutz der Dunkelheit mit roter Farbe übermalt worden. Scotland Yard arbeite mit Hochdruck daran, den Täter zu überführen, und ermittle dazu in alle Richtungen, wurde ein Detective Inspector zitiert. Man appelliere an die Bevölkerung, im Falle von sachdienlichen Hinweisen die Polizei zu kontaktieren. Monique überlegte. Nein, als sie da vorbeigekommen war, hatte sie den Hobbymaler nicht bemerkt, konnte Scotland Yard also leider nicht helfen. Warum fragten sie nicht einfach den Handleser und Sternendeuter, der am Bahnhof seinen Laden hatte? Der war in der fraglichen Zeit sicher genau dort gewesen. Schließlich kann man die Sterne nachts besonders gut sehen.

Sie scrollte weiter. Da, noch mal Forest Gate. Endlich ein Bild des lichterloh brennenden Doppeldeckerbusses. Drei Kinder, hieß es, hätten von Mitarbeitern des Sozialdienstes wegen des Verdachts auf Kindeswohlgefährdung in Obhut genommen werden müssen. Dies sei gegen den Willen der Eltern geschehen. „Logisch", murmelte Monique. „Was sonst?" Das hätte für Unruhe im Viertel gesorgt. Versuche der Polizei, die Lage zu beruhigen, seien anfangs erfolglos geblieben. Aktivisten hätten ein Polizeifahrzeug umgestürzt und außerdem mehrere Müll-container und einen Bus in Brand gesetzt. Mittlerweile hätte die örtliche Verwaltung auf die Vorfälle reagiert und zugesichert, Ermittlungen gegen die Sozialdienst-mitarbeiter einzuleiten.

Mehr Neuigkeiten aus Forest Gate gab es nicht. Nichts über nächtliche Störungen der Friedhofsruhe, traumatisierte Katzen oder schlafende Polizisten. Also schaltete Monique ihr Tablet aus. Dann sah sie auf die Uhr. Zeit, sich auf den Weg zu machen.

17

„Ah, da bist du ja endlich", rief Alathea, als sie Monique kommen sah.

Die gab ihr ein Küsschen rechts, ein Küsschen links. Das war hier bei Fortnum & Mason, diesem englischsten aller englischen Läden, ziemlich fehl am Platz, aber sie fand, sie sei es ihren französischen Vorfahren schuldig. Als Revanche für Waterloo.

Alathea hatte bereits Tee vor sich stehen und bestellte sich jetzt noch einen überbackenen Käsetoast, Welsh Rarebit genannt. Monique schüttelte sich innerlich bei der Vorstellung, auf nüchternen Magen etwas Derartiges zu sich zu nehmen. Das war, wie wenn eine Katze an einem trüben Novembermorgen eine kalte Maus fressen muss. Sie entschied sich für Cappuccino und Pain au Chocolat.

„Aber jetzt erzähl doch mal, was es daheim Neues gibt", erkundigte sie sich bei Alathea.

„Du meinst sicher in Sachen Miss Girdlestone?"

„Ja klar."

Der Kellner brachte ihre Snacks. Monique hoffte, dass Alathea nicht wieder das Stiefelchen spielen würde: *Bringen Sie mir einen neuen Toast. Dieser ist mir zu kalt.* Aber heute, siehe da, war sie ganz das brave Mädchen. Der junge Mann sah allerdings auch wirklich schnuckelig aus.

„Also, was ist?"

Aber Alathea schob sich erst einmal ein erstes Stückchen Welsh rarebit in den Mund, nahm sich die Zeit, jenes wohlige Gefühl, das das Zusammentreffen des Käsetoasts mit ihren Geschmacksknospen auslöste, gebührend zu genießen. Als Französin hatte Monique vollstes Verständnis für die dadurch eintretende Unterbrechung ihres Gesprächs. Endlich kehrte Alathea ins Hier und Jetzt zurück.

„Stell dir vor, es heißt, sie haben Aunt Lulu in Verdacht. Irre, nicht wahr? Sie glauben echt, Tantchen hätte Miss Girdlestone ermordet."

„Die alte Dame? Das gibts doch nicht."

„Ich hoffe inständig, dass es nicht stimmt. Ich habe mich nämlich bei Aunt Lulu einquartiert, weil ich heute nicht mehr zurückfahre. Wusstest du überhaupt, dass sie wieder in London wohnt? Ach nein, du hast sie ja erst am Samstag kennengelernt. Sie hat lange Zeit in Schottland in der Einöde gelebt. Auf irgend so einer Insel oder Halbinsel. Aber mittlerweile hat sie Angst, die Schotten könnten sich vom Königreich lossagen. Man könnte denken, dass man mit 90 Angst vor Krankheiten hat oder vor irgendeiner anderen existenziellen Bedrohung, aber ihre größte Furcht war, eines Tages aufzuwachen und nicht mehr Untertanin der Krone zu sein, sondern Bürgerin Ludovica in einer schottischen Republik. Sie sagt immer, in der *Scottish National Party* gäbe es den einen oder anderen, der das Zeug hätte, ein neuer Robespierre zu werden. Oder eine Robespierrine."

„Pierrette."

„Wie? Ah ja, danke. Eine Robespierrette."

„Aber jetzt erzähl endlich, wie sie auf diese verrückte Idee gekommen sind. Ich meine, Aunt Lulu zu verdächtigen."

„Ich glaube, das war diese mürrische Polizistin, die der Super im Schlepptau hatte. Sie soll behauptet haben, es handle sich um einen Juvezid."

„Einen *was*?"

„Na, dass Tantchen die Girdlestone aus Neid oder Hass auf deren Jugend getötet hat. Juvezid kommt nämlich von *juventus*, und das ist lateinisch und heißt Jugend. So hat James mir das jedenfalls erklärt. Irre, was der alles weiß. Ich dachte immer, das wäre ein Fußballverein."

„Und der Super war auch der Meinung? Ich meine nicht das mit dem Fußballverein, sondern dass Aunt Lulu es gewesen sein soll."

„Na ja. Der alte Herr, mein Erzeuger, wie Mutter ihn immer genannt hat, wenn ich was ausgefressen hatte, also der hat Ketteringham gefragt – das ist Paps' Anwalt – und der meinte, er hätte da was läuten gehört, dass für Superintendent Seagrave eine neue Verwendung vorgesehen sei. Inklusive Beförderung zum Chief Superintendent. Deshalb ist er scharf darauf, den Fall so schnell wie möglich erfolgreich abzuschließen."

„Aber wenn sie es doch gar nicht gewesen ist."

„Ach, dann erklärt man sie einfach für psychisch krank und dann passt's schon. Armes Tantchen."

„Das kann man wohl sagen. Und was haben die von der Polizei noch so aufgetan? Wie stehts zum Beispiel mit der Tatwaffe?"

„Ist unauffindbar. Kein Wunder. Um jemanden zu erdrosseln, braucht man ja nicht mehr als ein Stück Draht und zwei Holzstöckchen, und die kann man anschließend ganz leicht wieder verschwinden lassen. Sogar das hat James mir genau erklären können. Er behauptet, auch Vercingetorix sei damals erdrosselt worden. War das nicht einer von euch? Aber egal ... eine interessante Sache haben die Jungs von der Spurensicherung auf jeden Fall aufgetan. Jemand hat scheinbar die Tür zum Südflügel geöffnet. Also ohne einen Schlüssel zu benutzen."

„Ich hörte vorhin schon so was in die Richtung. Das klingt dann doch aber sehr danach, dass der Mörder von draußen kam. Dann ist Aunt Lulu doch aus dem Schneider."

„Nee, sie behaupten, Tantchen hätte die Girdlestone umgebracht und dann den Einbruch vorgetäuscht, um von sich abzulenken."

„So ein Blödsinn. Ich kenne sie ja noch nicht lange, aber ich kann sie mir einfach nicht vorstellen, wie sie jemanden mit einer Garrotte umbringt. Wie alt ist sie nochmal?"

„90. Oder ist sie sogar schon 91? Ich weiß das gerade gar nicht so genau." Und dann fügte sie hinzu: „Aber hallo!"

Im Gegensatz zu Monique, die dem Verkaufsraum den Rücken zukehrte, hatte Alathea von der Empore, auf der sie saßen, all jene Leute im Blick, die unten in den Regalen nach Tee und Kaffee, Schokolade und Konfitüren und all den anderen leckeren Dingen stöberten. Und jetzt hatte sie dort ein bekanntes Gesicht erspäht.

„Meine Güte, wie klein die Welt ist. Ob du's glaubst oder nicht, da läuft Mr Findlater."

Monique widerstand der Versuchung, sich nach ihm umzudrehen. So was lernte man in ihrem Beruf.

„Wink ihm bloß nicht zu", ermahnte sie Alathea. Bei der musste man auf alles gefasst sein. Erstens weil sie noch überhaupt keinen Beruf erlernt hatte und zweitens sowieso.

„Was denkst du von mir?", antwortete Alathea pikiert. „Ich bin doch kein Boxenluder! Oder gibt's so was im Radsport nicht?"

„Keine Ahnung. Sag, was macht Findlater jetzt?"

„Er steht vor dem Fahrstuhl und wartet."

„Sieht er hierher?"

„Nee."

Monique wagte einen Blick. Gerade öffnete sich die Fahrstuhltür und Findlater stieg ein.

„Lass dir noch einen Tee auf meine Rechnung bringen. Ich bin gleich zurück", sagte Monique und flitzte dann zum Fahrstuhl.

Sie verfolgte die Anzeige von Findlaters Kabine auf dem Weg nach oben, während sie gleichzeitig den zweiten Fahrstuhl zu sich beorderte. Erfreulicherweise war nicht viel los. Findlater war allein unterwegs. Der erste Stopp war also entweder sein Ziel oder, wenn sie Pech hatte, das erste Stockwerk, wo jemand zusteigen wollte.

Die Leuchtanzeige blieb bei 3 stehen und verharrte dort. Darüber gab es nur noch ein weiteres Stockwerk. Also fuhr Monique in den Dritten. Sie erinnerte sich an eine Bar dort, die aber jetzt noch gar nicht auf hatte. Außerdem gab es auf der Etage Schnickschnack wie Küchenaccessoires, Kochbücher und so. Ach ja, und Picknickkörbe natürlich.

Im Dritten angekommen, trat Monique aus der Kabine und lugte vorsichtig umher. Schnell entdeckte sie Findlater in jener Ecke, wo die Regale mit den Kochbüchern waren. Ob die hier auch Ernährungsratgeber für Radsportler hatten? Angeblich lebten die ja fast ausschließlich von Pasta, hatte sie jedenfalls mal gehört. Außer wenn sie auf ihrem Rad saßen. Passt da so schlecht durch den Nuckel, der auf der Flasche drauf ist, die Pasta, obwohl sie doch Pasta heißt.

Findlater gehörte offensichtlich zu den Vorzeigekunden, die genau wissen, was sie wollen. Er hatte schnell ein Buch aus dem Regal gezogen und warf einen Blick hinein. Aber dann stellte er es auch recht schnell wieder zurück, sah sich verstohlen um und strebte eilig Richtung Fahrstuhl.

Na, wenn das mal kein altmodisches Briefkastenspiel ist, dachte Monique. Ob die Vorsteherin tatsächlich recht hatte mit ihrem dauernden Schnack, das Internet sei heutzutage viel zu unsicher, weil viel zu leicht zu hacken, und wer wirklich geheime Nachrichten übermitteln wolle, benutze anstelle der modernen Technik lieber Zaubertinte oder ähnlich narrensichere Gimmicks.

Findlater weiter zu verfolgen, war jedenfalls nicht mehr interessant. Jetzt hieß es, den vermeintlichen Briefkasten im Auge zu behalten. Irgendwer musste eigentlich kommen und seine Nase in das Buch stecken.

Und es kam tatsächlich jemand. Zu Moniques Verblüffung war das Miss Jemma Clyne. Die hatte sich wohl schon vorher unbemerkterweise in der Nähe herumgedrückt. Jetzt eilte sie jedenfalls zielstrebig auf das bewusste Regal zu und griff sich genau das Buch, das Findlater in der Hand gehabt hatte. Aber sie kam nicht dazu, es aufzuschlagen.

18

„Entschuldigen Sie, Miss. Das Buch hätte ich gerne."

Eine blonde Dame, hochgewachsen und in mittleren Jahren, hatte sich neben Miss Clyne aufgebaut und streckte mit einer herrischen Geste ihre Hand aus. Fast wäre es ihr auf diese Weise gelungen, Jemma einzuschüchtern und das Buch zu bekommen, aber im letzten Moment fasste sich die junge Frau ein Herz und schüttelte den Kopf.

„Ich hätte es auch gerne", erklärte sie ein wenig trotzig. „Und ich habe es als Erste in der Hand gehabt."

Die Dame hätte Jemma gerne mit jenem Blick bedacht, den ein Elefant einem Pinguin zuwirft, wenn der ihm gerade ans Bein pinkelt. Weil das aber gar nicht geht, also das mit dem Pinkeln und zwar aus anatomischen Gründen, blieb der Dame nichts anderes übrig, als süß zu lächeln.

„Aber junge Frau, wir werden uns doch jetzt nicht wegen dieses Buches streiten, oder? Das Angebot an Kochbüchern ist hier so groß. Sie finden sicher auch ein anderes interessantes Werk."

„Ich habe schon eines gefunden. Das hier, und das reicht mir." Und bei diesen Worten hielt Jemma der Dame ihr Buch vor die Nase. Aber nur ganz kurz.

„Lassen Sie mich erklären", nahm die Dame einen neuen Anlauf. „Ich bin von weit her gekommen, von Chelmsford, um genau zu sein, um dieses Buch zu kaufen und zwar dieses und kein anderes. Sie werden doch nicht wollen, dass ich am Ende den weiten Weg vergeblich auf mich genommen habe."

„Ein paar Häuser weiter ist eine Filiale von Waterstones. Dort gibt es das sicher auch."

Die Dame ignorierte den Einwand.

„Es ist als Geschenk gedacht. Für meine Tochter. Sie macht gerade eine schwere Zeit durch. Sehen Sie, ihr Mann hat erkannt, dass er in Wirklichkeit eine Frau ist, und jetzt will er sich scheiden lassen, um einen Mann heiraten zu können. Dieses Buch könnte meiner Tochter helfen, diese traumatische Erfahrung zu verarbeiten. Sie ist schon immer eine leidenschaftliche Köchin gewesen, und dieses Buch würde sie in ihrem Gefühl bestätigen, tatsächlich zum weiblichen Geschlecht zu gehören. Ich bitte Sie, geben Sie Ihrem Herzen einen Stoß und überlassen Sie mir das Buch."

Jemma schluckte, zögerte einen Moment.

„Nein", stieß sie dann aber doch hervor. „Nein, ich denke gar nicht daran."

„Ich will dieses Buch haben", wurde die Dame jetzt lauter. „Haben Sie verstanden? Und zwar sofort!"

Sie machte Anstalten, Jemma das Buch zu entreißen, aber die erwies sich als ebenbürtige Gegnerin. Sie presste das Buch an ihre Brust und schirmte es geschickt mit ihrem Körper ab.

„Nein, nein, nein!", schrie sie.

„Her mit dem Buch!", schrie die andere.

Bevor der Streit noch weiter eskalieren konnte, kam eine Verkäuferin herbeigeeilt. Diese dienstbaren Geister waren bei Fortnum & Mason nie weit weg. Sie waren quasi in den üppigen Preisen inbegriffen.

„Aber meine Damen!"

„Ich kaufe dieses Buch", erklärte die energische blonde Dame der Verkäuferin und deutete auf das Buch, das Jemma umklammerte. „Was kostet es?"

Die Verkäuferin nahm ein Buch von einem Tisch, auf dem alle möglichen Bestseller aufgestapelt lagen.

„Hier, Mrs Hrævnauld. 25 Pfund. Es gibt wirklich zurzeit kein besseres Buch zum Thema Käse."

„Nein, das will ich nicht. Ich will das da." Und wieder deutete sie auf Jemmas Buch.

„Aber ich versichere Ihnen, Mrs Hrævnauld, die beiden sind identisch. Gleiche Ausstattung und gleiche Auflage. Und gleicher Preis. Nicht der geringste Unterschied. Glauben Sie mir, Mrs Hrævnauld."

In diesem Augenblick nahm Jemma blitzschnell Reißaus. Sie rief der Verkäuferin noch über die Schulter hinweg zu: „Ich zahle unten!", während sie mit dem Buch davonrannte. Sie machte nicht einmal am Fahrstuhl Halt, sondern stürmte ins Treppenhaus.

Monique musste sich blitzschnell entscheiden. Sollte sie Jemma folgen oder an der blonden Dame, dieser Mrs Hrævnauld, dranbleiben? Sie entschied sich für Jemma. Oder besser gesagt, für das Buch. Das erschien ihr am interessantesten zu sein. Hätte Monique ausreichende Kenntnisse des Altenglischen besessen, hätte sie sich garantiert anders entschieden. Sie beherrschte zwar etliche Sprachen, sogar so eine exotische wie Bandrikanisch, aber sie stand auf dem Standpunkt: Schlafende Hunde soll man nicht wecken; und tote Sprachen auch nicht. In der Konsequenz führte das dazu, dass sie den Fehler machte, Mrs Hrævnauld den Rücken zu kehren und ihrem Kummer über das verlorene Buch zu überlassen.

Als sie im Erdgeschoss ankam, warf sie einen Blick Richtung Empore, wo die Snacks serviert wurden, aber von Alathea keine Spur mehr. War sie selbst denn so lange weggeblieben? Aber sie hatte keine Zeit, groß darüber nachzugrübeln. Sie entdeckte Jemma an der Kasse in der Nähe des Ausgangs zum Piccadilly hin. Die sah sich ein paar Mal ängstlich um, hatte aber wohl nur Augen für die aktuell nicht anwesende Mrs Hrævnauld, nicht jedoch für Monique.

Dann hatte sie das Buch bezahlt und eilte aus dem Laden. Monique folgte ihr. Sie fand es verdammt tückisch, jemanden zu beschatten, der sie kannte, aber was blieb ihr anderes übrig?

Schnell schritt Miss Clyne den Piccadilly hinunter Richtung Green Park, überquerte schon bald die Straße und bog in die Dover Street ein. Monique in gehörigem Abstand immer hinterher. Sie sah, wie Miss Clyne in einem Pub verschwand. Monique schlich sich vorsichtig an und spähte durchs Fenster. Am Tresen stand Miss Clyne, bestellte etwas und entfernte sich dann mit einem Glas in der Hand aus Moniques Blickfeld. Die ließ es darauf ankommen und betrat nun ebenfalls das Lokal. Schnell hatte sie Jemma ausgemacht. In einer Ecke saß sie an einem Tisch und war scheinbar ganz und gar in ihr Buch vertieft.

Monique nahm eine Diät-Cola und setzte sich so, dass sie Jemma im Blick hatte, aber gleichzeitig möglichst weit weg vom Eingang war. Dort konnte sie sich ganz klein machen und unbemerkt bleiben, wenn Jemma das Pub verlassen würde.

Jetzt hatte Miss Clyne ihr Smartphone hervorgeholt und telefonierte. Monique war sicher, dass sie jemandem etwas vorlas. Möglicherweise die Botschaft, die Findlater ins Buch gesteckt hatte. Das Gespräch dauerte nicht lange. Aber Miss Clyne machte keine Anstalten zu gehen. Sie ließ sich ein Scotch Egg bringen und wartete. Hin und wieder sah sie auf die Uhr. Mittlerweile kamen die ersten von jenen Leuten herein, die ihre Mittagspause nutzten, um auf einen Drink und einen Snack schnell mal ins Pub zu gehen.

Die Zeit kroch dahin.

Monique hatte gleich, nachdem sie hereingekommen war, einen verschlüsselten Hilferuf abgesetzt und Unterstützung für die Beschattung angefordert. Mehr war nicht nötig. Wenn die Standortübermittlung für die Zentrale freigegeben war, konnten sie dort ganz genau sehen, wo sie sich gerade befand. So hieß es jedenfalls. Manchmal fragte sie sich allerdings, ob sie nicht vielleicht auch dann geortet werden konnte, wenn das Ding aus war. Die Technikfreaks, die sich das ausgedacht hatten, fand sie schon ein bisschen unberechenbar.

Monique überlegte gerade, ob sie auch irgendeine Kleinigkeit essen sollte, als Miss Clyne wieder einmal auf die Uhr sah und dann aufstand und, das Buch unter den Arm geklemmt, Richtung Ausgang strebte. Monique ließ ihr einen kleinen Vorsprung. Vor der Tür wäre sie fast mit Robbie zusammengestoßen.

„Hallo, was machst *du* denn hier?"

„Die Vorsteherin hat mich als technische Nothilfe losgeschickt. Wir sind zurzeit etwas unterbesetzt", erklärte Robbie und fügte dann etwas mürrisch hinzu: „Und schließlich habe ich früher ja auch mal was anderes als Innendienst gemacht."

„Okay." Ihr Blick suchte Miss Clyne. „Die da vorne, die in der bordeauxroten Outdoorjacke, um die geht es. Lass sie nicht aus den Augen. Mich kennt sie, deshalb halte ich besser Abstand. Aber ich werde versuchen, aus sicherer Entfernung Kontakt zu halten."

„Alles klar."

Wie drei Perlen am Schnürchen bewegten sie sich erst zum Piccadilly und dann zur U-Bahn-Station Green Park, wo sie einer nach dem anderen unter der Erde verschwanden.

19

Ihre Fahrt mit der Tube endete schon an der nächsten Station, nämlich am Fernbahnhof Victoria. Wollte Miss Clyne London verlassen? Nein, dem war nicht so, wie Monique schnell feststellte. Robbie verließ den Bahnhof und also auch Miss Clyne, und sie gingen zum Busbahnhof vor der Station. Die dunkelrote Gestalt stieg in einen der dort wartenden Busse, eine Linie 13 Richtung North Finchley.

Da Robbie an ihr dran war, hielt Monique es für ein sinnloses Risiko, auch den Bus zu nehmen. Sie würde mit einem Taxi folgen.

Die 13 fuhr ab.

Direkt vor dem Bahnhof gab es zwar ein Schild, das fortbewegungheischende Menschen darauf hinwies, wo Taxis auf Angehörige eben dieser Personengruppe zu warten pflegen, nur herrschte dort im Augenblick ein ganz eklatanter Mangel an derartigen Fortbewegungsmitteln. Monique verzehrte sich förmlich vor Ungeduld, was in London völlig sinnlos ist. Entweder es kommt ein Taxi, oder es kommt keins. Das eine wie das andere war halt Schicksal.

In diesem Fall dauerte es ein paar Minuten, bis das Schicksal Monique wohlgesonnen war.

„Fahren Sie mich auf der Strecke der Linie 13 Richtung Finchley", erklärte Monique dem Fahrer, bevor sie einstieg.

„Hören Sie, Miss. Ihnen ist hoffentlich klar, dass dies hier kein Bus ist. Ja? Und dass ich auch keine Oyster Card akzeptiere."

„Geschenkt."

„Okay. Wie weit? Ganz bis Finchley?"

„Ich sage Ihnen, wenn wir am Ziel sind."

Hatte sie sich eben in der U-Bahn noch gefreut, ausnahmsweise einmal mit Robbie zusammenarbeiten zu können, begann sie sich jetzt Sorgen zu machen. Möglicherweise hatte die Vorsteherin ihn zu sich ins Vorzimmer geholt, weil er draußen nur Mist gemacht hatte. Um ihn nicht rausschmeißen zu müssen. Vielleicht verfügte die Vorsteherin ja über einen Mutterinstinkt, der bisher nur von ihr unbemerkt geblieben war. Die Frau steckte voller Überraschungen.

Moniques Handy gab Laut. Robbie? Ach nein, es war nur Alathea. Für die hatte sie im Augenblick nun wirklich keine Zeit. Aber jetzt kam eine Nachricht von Robbie. Sie waren an der Haltestelle London Hilton ausgestiegen und gingen in den Hyde Park. Das war gar nicht mehr weit entfernt. Monique sagte dem Fahrer, wo er halten solle.

Ratlos stand sie dann an der Haltestelle. Wohin jetzt? Der Hyde Park war groß.

Eine neue Nachricht von Robbie. Einfach nur das Emoji einer Rose. Aha, sie waren also am Rosengarten. Monique machte sich auf den Weg.

Dort angekommen, konnte sie weder Robbie noch Miss Clyne entdecken, aber da kam das nächste Emoji, eine schaumgekrönte Welle. Das bedeutete wohl, dass sie jetzt die Serpentine erreicht hatten. Das Wasser des armseligen Tümpels würde sich allerdings wohl kaum zu derart gigantischen Brechern auftürmen, sagte sich Monique.

Als sie den See erreichte, entdeckte sie die beiden sehr schnell. Robbie stand an eine steinerne Balustrade gelehnt und schien den Blick auf den See zu genießen. Ein Stück weiter, da, wo der weitläufige Außenbereich des Restaurants begann, war die dunkelrote Jacke von Miss Clyne zu sehen. Sie stand dort wartend direkt am See und zwar mutterseelenallein. Bei dem miesen Herbstwetter waren die Tische und Bänke dort ganz und gar verwaist.

Monique tat so, als würde sie zwei Touristen beobachten, die gerade eines der grauen Eichhörnchen anzulocken versuchten.

Was dann passierte, wurde ihr erst später klar.

Ein heller Blitz, so wie wenn sich ein Gewitter in unmittelbarer Nähe entlädt, und gleichzeitig ein ohrenbetäubender Knall und eine Druckwelle. Irgendwelche

Dinge sausten heulend durch die Luft, fielen dann scheppernd zu Boden. Sekundenlang Stille, dann fingen Leute an zu schreien.

Monique hatte sich geistesgegenwärtig der Länge nach hingeworfen. Jetzt, schoss ihr durch den Kopf, hat sich das Eichhörnchen aber ganz fix aus dem Staub gemacht.

20

„Und dann?", fragte die Vorsteherin. „Was haben Sie dann gemacht, Meurisse?"

„Ich habe mich um Robertson gekümmert. Es hatte ihn bös erwischt, Ma'am. Ich vermute, irgendwas von den herumfliegenden Trümmern hat ihn am Kopf getroffen. Aber er war jedenfalls noch am Leben. Er murmelte was von einem Schiff, aber ich habe nicht begriffen, was er damit sagen wollte. Dann hat er das Bewusstsein verloren."

„Und diese Miss Clyne?"

„Sie muss in unmittelbarer Nähe der Explosion gestanden haben. Keine Chance."

„Haben Sie dieses ominöse Kochbuch gesehen?"

„Nein. Ich glaube, selbst wenn Miss Clyne eine ganze Bibliothek dabei gehabt hätte, wäre nicht viel davon übrig geblieben. Es war wirklich furchtbar."

„Nun, wie ich gehört habe, wird Robertson es wohl überleben. Das sagen sie im Krankenhaus jedenfalls."

„Hoffen wir das Beste. Ich würde mir mein Leben lang Vorwürfe machen, wenn .... hätte ich nicht Unterstützung angefordert ..."

„Werden Sie bloß nicht sentimental, Meurisse." Die Vorsteherin nahm ihre übergroße Brille ab und fuhr sich mit der Hand über die Augen, so als wäre sie müde. Dann setzte sie die Brille wieder auf. „Ich habe mir die Aussagen von Augenzeugen besorgt. Jemand, der recht weit vom Ort des Geschehens entfernt war, hat angegeben, es sei ein Modellschiff auf der Serpentine unterwegs gewesen. Sie wissen, was ich meine, so ein kleines, ferngesteuertes Ding. Und das ist dann in die Luft geflogen. Derjenige meinte, vermutlich sei der Akku explodiert, so wie das bei den E-Bussen und so auch immer passiert." Die Vorsteherin knurrte verächtlich. „So ein Blödsinn. Männer und Technik. Aber davon mal ab, scheint das des Rätsels Lösung zu sein, eine ferngesteuerte Bombe versteckt in einem harmlos anmutenden Spielzeug. Kaum zu glauben, aber im Grunde genommen gar nicht so dumm."

„Ich habe zwar nichts sehen können, aber jetzt, so Sie es sagen, erinnere ich mich, dass Robertson ganz fasziniert auf den See hinausgestarrt hat."

„Leider hat niemand die Person bemerkt, die das Boot gesteuert hat. Wer weiß, wo sie gestanden hat. Die Sender haben ja schon eine gewisse Reichweite. Obwohl … vielleicht meldet sich ja noch jemand, der etwas beobachtet hat."

„Wir gehen also davon aus, dass man Miss Clyne ausschalten wollte."

Die Vorsteherin nickte ernst.

„Aber kommen wir noch mal zu Ihrer Begegnung bei Fortnum & Mason."

„Sie meinen die Botschaft, die Findlater dort scheinbar in dem Käsebuch deponiert hat?"

„Sie haben ihn für Findlater gehalten?"

„Er war es, 100 Prozent. Miss Gorges hat ihn auch sofort erkannt."

Die Vorsteherin machte eine ärgerliche Handbewegung, als wolle sie Fliegen verscheuchen.

„Und Miss Clyne", fuhr Monique fort, „hat dann das Buch an sich genommen, als Findlater wieder weg war."

„Also ein Mann, von dem Sie und Miss Gorges dachten, es sei Findlater, ist in die Buchabteilung, hat ein Buch in die Hand genommen, es wieder ins Regal gestellt und ist gegangen. Und dann ..."

„Aber wir haben nicht nur gedacht, es sei Findlater", unterbrach Monique die Vorsteherin. „Ich sagte doch, er war es."

„Ihr Insistieren ist im Augenblick alles andere als zielführend, Meurisse. Bleiben Sie bei den Tatsachen und schweifen Sie nicht dauernd ab. Also, nachdem dieser besagte Mann gegangen war, kam Miss Clyne und hat das Buch gekauft. Ja?"

„Ja."

Monique hätte der Vorsteherin natürlich auch noch von dieser sonderbaren Dame erzählen können, die das Buch auch unbedingt haben wollte, aber nach dem Rüffel, den sie gerade bekommen hatte, behielt sie dieses

Detail für sich. Gleichzeitig fühlte sie ein leichtes Kitzeln in der Beckengegend. Das hatte allerdings nichts mit der Vorsteherin zu tun. Das war das Vibrieren ihres stumm-geschalteten Handys.

„Und von diesem Pub aus hat sie dann telefoniert und ist einige Zeit später in den Hyde Park. Ja?"

Monique begnügte sich mit einem Nicken.

„Offensichtlich hat nicht nur Miss Girdlestone, son-dern auch Miss Clyne für MI5 gearbeitet."

„Ach ja?"

„Zu denen, die wie Robertson im Krankenhaus gelan-det sind, gehört auch ein gewisser George Broomstick, auch bekannt als Major Broomstick, MI5. Er führt eine Reihe informeller Mitarbeiter, und die Ecke, wo ... sagen wir einmal, der *Vorfall* sich ereignet hat, ist einer der Orte, wo er sich mit informellen Mitarbeitern trifft. Ganz unauffällig. Aber scheinbar sind wir nicht die ein-zigen, die das wissen. Ich meine, unter denen, die es gar nicht wissen sollen."

„Dann ist Findlater möglicherweise auch MI5."

„Miss Meurisse! Ich bitte Sie zum letzten Mal, nicht dauernd von diesem Findlater zu sprechen. Jede weitere Insubordination Ihrerseits würde mein ernstes Missfal-len erregen."

„Entschuldigen Sie, Ma'am. Es wird nicht wieder vor-kommen", sagte Monique zerknirscht und dachte sich ihren Teil.

„Das Buch hat möglicherweise eine wie auch immer geartete Botschaft enthalten, aber wenn, war sie so schwer zu entschlüsseln, dass es nicht per Telefon ging. Eine Zusammenkunft mit Major Broomstick an einem seiner diskreten Treffpunkte war notwendig, wahrscheinlich zur Übergabe der besagten Mitteilung." Die Vorsteherin tippte mit dem Zeigefinger auf die Schreibtischplatte, um ihre Worte zu unterstreichen. „Aber irgendjemand wollte das verhindern."

Monique dachte wieder an die Dame aus der Buchabteilung. Wie hatte sie doch gleich geheißen? Mrs ... Mrs ... Mrs Hrævnauld. Aber sie wollte ja nicht nochmal insubordinieren und hielt die Klappe.

Die Vorsteherin sinnierte eine Weile vor sich hin, dann wechselte sie das Thema.

„Wir haben Ihren Besucher von heute früh abgeholt. Leider haben wir seine Identität nicht klären können. Also haben wir ihn so deponiert, dass er früher oder später entdeckt werden muss. Vielleicht haben die bei Scotland Yard ja mehr Glück als wir, und wenn, werden wir es im Handumdrehen mitbekommen."

Die Vorsteherin lächelte.

„Wo wir gerade von Scotland Yard sprechen, gestatten Sie mir eine Bemerkung, Ma'am?"

„Reden Sie, Meurisse."

Monique schöpfte Mut. Die Vorsteherin hatte auf das „Miss" verzichtet, also war sie jetzt wieder etwas gnädiger gestimmt.

„Kurz nachdem mein erster Besucher ... also, nachdem der verstorben war, kam noch einer."

„Was? Und wo haben Sie den gelassen? Unsere Leute haben nur den hinterm Sofa gefunden."

„Nein, der andere ist ja auch von alleine wieder gegangen. Was ich sagen wollte, ist, der war von Scotland Yard. Woodhead hieß er."

„Und was wollte er?"

„Er sei im Auftrag der Wiltshire Police zu mir gekommen. Aber nicht nur das."

Sie berichtete kurz von dem Gespräch und dann von ihrem Besuch gestern bei Miss Clyne. Als sie von ihrem Zusammentreffen mit dem Polizisten auf dem Friedhof berichtete, schüttelte die Vorsteherin missbilligend den Kopf.

„Musste das denn unbedingt sein? Hätten Sie ihn nicht einfach ignorieren können? Wir machen uns noch bei den Leuten von Scotland Yard unbeliebt."

„Ich werde Ihre Wünsche in Zukunft in meine Überlegungen einbeziehen, Ma'am. Aber was ich sagen wollte: Woher hat dieser Woodhead gewusst, dass ich bei Miss Clyne gewesen bin? Das kann ich mir nicht erklären."

„Ach, machen Sie sich deswegen keine Gedanken. Die beschatten und bekriegen sich doch alle gegenseitig. Scotland Yard und MI5, MI6, GCHQ, DI, NCA und wie sie alle heißen. Die konkurrieren halt alle um die knappen Haushaltsmittel, und jeder möchte ein möglichst großes Stück vom Kuchen abbekommen."

21

Als Monique das Büro der Vorsteherin gerade verlassen hatte, vibrierte ihr Handy erneut. Sie zog es aus der Tasche. Das war schon wieder Alathea! Was hatte sie bloß zum Kuckuck noch mal? Sie nahm das Gespräch an.

„Na, Mädel, was gibts denn?"

„Endlich! Ich versuche schon seit Stunden, dich zu erreichen."

„Du übertreibst schamlos. Vor Stunden saßen wir noch in trauter Zweisamkeit bei Fortnum & Mason beim Frühstück. Erzähl lieber, was du mir so dringend mitzuteilen hast."

„Ich renne schon die ganze Zeit hinter diesem Findlater hinterher."

„Findlater? Du meinst den, den wir für Findlater halten."

„Wieso? Ist der in Wirklichkeit jemand ganz anderes?"

Da Monique – wie viele andere Menschen auch – mitunter Schwierigkeiten hatte, gleichzeitig zu denken und zu reden, dauerte es eine Weile, bis sie antwortete, was aber allemal besser ist, als zu reden, bevor man mit dem Denken fertig ist. Schließlich hatte sie eine Antwort parat:

„Mensch, Kleines. Gar nicht so blöd, was du da sagst. Wirklich nicht." Nun mag man einwenden, dass diese Antwort auch ohne viel Nachdenken hätte gegeben werden können, aber die Frucht, die Moniques kleine graue Zellen hervorbringen wollten, war noch eine werdende. Sie befand sich im Stadium einer knospenden Blüte. In Worte gefasst werden konnte sie also noch nicht.

„Aber erzähl mal, warum rennst du denn hinter ihm her? Hast du dich etwa verliebt?"

„Sehr witzig. Gerade hattest du ein paar Pluspunkte bei mir gesammelt. Ich bin nämlich wirklich gar nicht so blöd, wie du bisher gedacht hast, aber die Punkte muss ich dir jetzt wieder streichen."

„Zur Sache, Kleines."

„Ich dachte, du interessierst dich für Findlater – oder wer er auch immer sein mag. Und als ich sah, wie er sich auf und davon machte und von dir keine Spur, da habe ich mir gesagt, ich geh ihm einfach mal nach. Weißt du, ich wollte schon immer mal Detektiv spielen, und vielleicht möchtest du ja tatsächlich wissen, wo er abgeblieben ist."

„Doch, das wüsste ich allerdings gerne. Hat er dich denn auch nicht bemerkt?"

„Nein, da bin ich mir ziemlich sicher. Ich hatte mir schnell einen Pferdeschwanz gemacht."

Gar nicht so dumm die Kleine, sagte sich Monique. Schade, dass ihr eigenes Haar für so was zu kurz war.

„Und? Erzähl, wo ist er jetzt?"

„Na da, wo ich auch gerade bin.“

„Und das ist?“

„Am Jachthafen von den St. Katharine Docks. Kennst du den? Der ist nur einen Steinwurf von der Tower Bridge entfernt.“

„Bis zur eigenen Jacht habe ich es noch nicht gebracht, aber von den St. Katharine Docks habe ich schon mal gehört. Und was genau macht Findlater dort?“

„Ich will verdammt sein! Er sitzt in einer Tapasbar und haut sich die Wampe voll, während ich hier draußen stehe und tierischen Kohldampf habe.“

„Ist er damit noch ne Weile beschäftigt, was meinst du?“

„Ich glaube schon. Außerdem hat er jetzt auch noch Gesellschaft bekommen. Eine herbe Schönheit, die mich an Miss Mattingley erinnert.“

„Und wer ist das, bitte schön?“

„Eine Lehrerin von mir war das. Geschichte. Furchtbare Frau. Einmal hat sie mich ...“

„Ein andermal“, fiel Monique ihr ins Wort. „Ich glaube, ich komme zu dir. Dann kannst du mir das alles erzählen. Halte die Stellung, Kleines.“

„Wird gemacht.“

Monique bekam schnell ein Taxi zu fassen, dass sich dann aber furchtbar langsam durch den beginnenden Feierabendverkehr quälen musste. Während sie noch unterwegs war, kam wieder ein Anruf von Alathea.

„Jetzt haben sie die Tapas Bar verlassen und sind an Bord einer Yacht gegangen."

„Verdammt! Sie werden doch jetzt hoffentlich nicht verschwinden."

„Jetzt garantiert nicht, jedenfalls nicht übers Wasser. Hier ist nämlich zur Themse hin eine Schleuse, und ich habe mich schlaugemacht: Nur um das Themsehochwasser herum wird ein- und ausgeschleust. Die haben wohl Angst, dass ihnen sonst das ganze Wasser abhaut."

„Und das bedeutet?"

„Auf dem Aushang bei der Hafenmeisterei stehen die Zeiten. Heute geht es mit dem Schleusen um halb sechs los, also erst in einer halben Stunde."

„Na, bis dahin bin ich hoffentlich da."

Natürlich dauerte es nicht annähernd so lange. Monique musste auf dem Gelände des Jachthafens eine Weile suchen, bis sie Alathea entdeckt hatte.

„Was Neues?"

„Alles ruhig, Boss."

Monique konnte sich ein Lächeln nicht verkneifen. Sie mochte die Kleine wirklich gerne, aber sie erinnerte sich auch daran, was Linos mal gesagt hatte. Einer alten jüdischen Weisheit zufolge sei es leichter, einen Olivenhain zu pflegen als einen Sohn großzuziehen, und dass dieser Satz, so meinte Linos, erst recht gelte, wenn es sich um eine Tochter handele.

„Erzähl mal, Kleines. Ist Findlater von Fortnum & Mason direkt hierher?"

„Nein, zuerst kam ein Gewaltmarsch von Piccadilly quer durch Soho und noch weiter bis zum British Museum. Leider hatte er irgendeinen Zauberstab dabei. Sie haben ihn am Eingang direkt durchgewunken, während ich ewig gebraucht habe, um durch die Sicherheitskontrolle zu kommen. So'n Mist, hab ich gedacht, das wars denn wohl. Ich bin trotzdem rein. Ich hab mir gesagt, wenn ich schon hier bin, gönne ich mir einen Becher Tee und guck mir dann noch mal die Lely-Venus an. Du weißt, wir haben zu Hause im Esszimmer ein Porträt hängen, das Lely gemalt haben soll. Meint Mutter. Ja, die Altvorderen haben es mit den berühmten Namen. Jedenfalls sehe ich seine Venus immer an, wenn ich gerade im British Museum bin. Da ist übrigens eine gewisse Ähnlichkeit mit dir, finde ich."

„Mit der Venus?"

„Nein, ich meine das Porträt im Esszimmer."

„Na, das ist ja schmeichelhaft. Zeigt das nicht eine von den Mätressen von Charles II.?"

„Behauptet Mutter."

„Aber zurück zum Tee."

„Welchem Tee?"

„Den du im Museum getrunken hast."

„Ach ja, den habe ich nicht mal austrinken können. Stell dir vor, es dauerte gar nicht lange und Findlater tauchte mir nichts, dir nichts wieder auf und marschierte Richtung Ausgang. Ich natürlich ... aber hallo!"

Alathea unterbrach ihren Bericht. Sie starrten beide auf die Yacht, auf der Findlater und seine Begleiterin sich befanden. Gerade war ein Mann erschienen, der scheinbar zur Besatzung gehörte, mit Findlater und einer Frau im Schlepptau.

„Ist das die Doppelgängerin deiner Lehrerin? Wie hieß sie doch gleich?"

„Mattingley. Ja, das ist sie."

In diesem Fall wusste Monique es allerdings besser. Das war niemand anders als Mrs Hrævnauld. Das erklärte so manches, sagte sich Monique. Findlater hatte in dem Kochbuch eine Botschaft für Mrs Hrævnauld deponiert, weswegen die so vehement darauf bestanden hatte, genau dieses eine Buch kaufen zu können. Aber das Buch war in falsche Hände geraten, und jetzt kam wohl Plan B.

Mrs Hrævnauld stieg mit den beiden Männern in ein kleines Motorboot, das längsseits der Yacht lag.

„Es ist halb", murmelte Alathea. „Sie fangen jetzt mit dem Schleusen an."

„Verflucht. Und wir haben kein Boot."

„Wir können zum Themseufer runtergehen und beobachten, in welche Richtung sie fahren."

„Das machst du. Ich sehe zu, dass ich ein Taxi zu fassen bekomme. Hier in der Stadt kann man doch an vielen Stellen am Ufer lang fahren oder wenigsten hin und wieder einen Blick auf den Fluss werfen. Ich muss wissen, wo sie hinwollen. Ruf mich an, wenn du die Richtung weißt."

Während das Beiboot durch das Hafenbecken zur Schleuse tuckerte, düste Monique in die entgegengesetzte Richtung. Sie erinnerte sich, dass nicht weit von der Marina ein kleiner Taxistand war. Vielleicht hatte sie ja Glück.

Und sie hatte Glück.

Kaum hatte sie das Taxi erreicht, klingelte das Handy.

„Sie fahren themseaufwärts", meldete Alathea.

„Alles klar."

Sie erklärte dem Fahrer, dass er sie westwärts kutschieren solle und zwar immer so nah wie möglich an der Themse entlang.

„An der Themse entlang?" Er kratzte sich kurz am Kopf, dann meinte er: „Geht klar."

Aber sie waren noch gar nicht weit gekommen, auf jeden Fall noch nicht bis zur Themse, als Alathea sich schon wieder meldete.

„Sie sind nicht weit gefahren. Ich konnte sie noch sehen, als sie an ihr Ziel gekommen sind."

„Nämlich?"

„Sie haben hinter der Tower Bridge an der HMS Belfast angelegt. Da, wo so eine Art überdachte Gangway an der Bordwand angebracht ist."

„Und gehen sie an Bord?"

„Das kann ich nicht so genau erkennen von hier aus. Jetzt legt das Boot schon wieder ab. Ich schätze, da ist jemand an Bord der Belfast abgesetzt worden. Vielleicht Findlater mitsamt der blonden Dame."

„Okay. Ich düse da gleich mal hin."

„Und ich? Soll ich ..."

„Nix da. Du hast jetzt Feierabend und fährst brav zu Aunt Lulu. Bestell ihr einen schönen Gruß von mir."

Monique drückte das Gespräch weg und teilte dem Fahrer mit, dass sie es sich anders überlegt habe. Er solle sie so schnell wie möglich zur HMS Belfast bringen.

„Da ist um diese Zeit aber schon alles dicht, Ma'am. Falls Sie die Belfast besichtigen wollen ... ", meinte er, während er den Wagen wendete.

„Nein, nein, ich will mir das Schiff nur von weitem angucken. Ich werde so leicht seekrank. Selbst im Hafen. Es ist das Bewusstsein. Es reicht zu wissen, dass ich an Bord eines Schiffes bin, und zack ist es passiert."

„Das kann ich gut verstehen. Da gibt es doch diesen Film, wo die Leute alle eine Steckdose im Nacken haben. Da ist das doch auch so, wenn ich mich richtig erinnere."

Als sie über die Tower Bridge fuhren, konnte Monique die Belfast sehen. Sie wirkte aus der Ferne klein und harmlos, gar nicht wie ein mächtiges angsteinflößendes Kriegsschiff. Wie leicht man sich in diesen Dingen täuschen konnte.

22

Es war ungemütlich kühl, und außerdem wehte es wieder kräftiger. Das und ein leichter Nieselregen sorgten dafür, dass kaum jemand in der mittlerweile hereingebrochenen Dunkelheit auf dem Queen's Walk am Wasser unterwegs war. So ein Wetter war der Königin und ihren Untertanen einfach zu ungemütlich, und das war Monique nur recht.

Offiziell gelangte man durch den Souvenirshop des Imperial War Museums auf jenen Steg, der zur HMS Belfast hinüberführte. Der Shop war aber bereits geschlossen. Monique orientierte sich. Es gab noch einen zweiten, einen durch ein Gitter versperrten Zugang zu dem Steg. Den nahm Monique in Augenschein und fand, dass er keine allzu großen sportlichen Anforderungen stellte. Sie wartete einen unbeobachteten Moment ab und hatte blitzschnell das Gitter überklettert. Als die Belfast noch als Kriegsschiff diente, war sie sicher besser bewacht gewesen. Aber jetzt war sie halt schon seit mehr als einem halben Jahrhundert nur noch Museumsschiff, und wer wollte heute mit diesem alten Kahn in den Krieg ziehen? Wahrscheinlich waren die Kanonen nicht mal geladen.

Trotz der Dunkelheit – die in einer Großstadt nie wirklich dunkel war – hatte Monique auf dem endlos langen Steg das Gefühl, sie befände sich auf einer Bühne und würde dort in einer Krimiaufführung die überaus wichtige, aber sehr kurze Rolle der Leiche spielen. Deshalb war sie froh, als sie endlich an Bord in Deckung gehen konnte.

Sie nahm sich Zeit, sich zu orientieren. Vor sich sah sie die achterlichen Aufbauten mit einem Geschützturm oben drauf, links und rechts davon gelangte man nach vorne. Rechts oder, wie die echten Teejacken sagen, an Steuerbord, da musste jene Gangway sein, von der Alathea berichtet hatte. Also schlich sie nach rechts. Monique sagte sich, wenn Findlater und die Hrævnauld dort irgendwie ins Innere gelangt waren, hatten sie bestimmt die Tür hinter sich nicht wieder abgeschlossen.

Sie fand schnell den Eingang, eine schwere Stahltür, die, wie Monique erleichtert feststellte, so freundlich war, sich fast geräuschlos öffnen zu lassen. Drinnen war alles beleuchtet. Machte denn keiner von den Museumsleuten das Licht aus, wenn sie abends nach Hause gingen? Oder hatten Findlater und die Hrævnauld gewusst, wo der Lichtschalter war?

Sie überlegte, in welche Richtung die anderen wohl gegangen waren. Links oder rechts? Da hörte sie ein Miauen. Es war das wütende Maunzen einer Fellnase, die äußerst erregt war, und es kam von rechts. Wer mochte die Katze geärgert haben? Oder war sie einfach nur rollig? Monique ging dem Geräusch nach, vorbei an einem monströsen Torpedo, der da unmotiviert rumlag, und an verschiedenen kleinen Gelassen: einer Poststelle, einem gewissen Örtchen – Wo mochte man von dort aus hingelangen?, rätselte sie – einer winzigen Kapelle und so weiter. Das alles auf der einen Seite, auf der anderen Seite Niedergänge. Bei manchen zeigte ein Pfeil in die Tiefe, bei anderen stand *NO ENTRY* dran. Klar, immer schön in eine Richtung laufen, damit kein Durcheinander entsteht. Schließlich war dies ein Museum. Zurzeit aber lief weder jemand in die eine noch in die andere Richtung. Es war schlicht und ergreifend nirgendwo eine Menschenseele zu sehen. Stille all überall.

Schließlich kam sie zu einer mit Regalen voller Säcke angefüllten Kammer. Wieder miaute die Katze. Ein schwarz-weißes Tier in jener Kammer. Es stand wie zur Salzsäule erstarrt da. Wie eine kleine, schwarz-weiße Salzsäule – eine Attrappe!

Verflucht! Das Miauen kam vom Band. Ausgelöst durch einen Bewegungsmelder. Für die Kleinsten unter den Besuchern sicher ein Mordsspaß. Für Monique nicht. Jetzt hatte sie sich verraten. Das war blöd, aber immerhin war nicht nur sie in die Falle getappt. Hier war vor kurzem jemand vorbeigekommen, so viel war klar.

Sie schlich weiter, doppelt wachsam jetzt. Eine Bäckerei, dann ein Raum, der das Behandlungszimmer eines Zahnarztes darstellen sollte. Alles so eingerichtet, wie es in den Vierziger- oder Fünfzigerjahren ausgesehen haben mochte. Da sie im Augenblick nicht die Muße hatte, historische Studien zu treiben und Zahnärzte sowieso nicht sonderlich mochte, wollte sie achtlos daran vorbeigehen.

Im nächsten Moment jedoch ging sie blitzschnell in Deckung. Saß da nicht jemand im Behandlungsstuhl? Mit dem Rücken zu ihr?

Sie beobachtete die Gestalt eine Weile. Die regte sich kein bisschen. War das etwa nur eine Schaufensterpuppe? Das Haar sah echt aus, aber das besagte nichts. Monique zögerte. Anstelle einer Tür versperrte ein halbhohes Gitter den Zugang. Alles sehen, aber nix anfassen – oberstes Gebot in den meisten Museen. Das machte es ihr jetzt allerdings praktisch unmöglich, sich lautlos der Gestalt zu nähern. Aber irgendetwas hielt Monique davon ab, weiterzugehen.

In ihrer Hosentasche hatte sie ein paar Münzen. Eine davon nahm sie, und mit ihrer Steyr-Mannlicher im Anschlag warf sie das Geldstück in eine Ecke der zahnärztlichen Folterkammer.

Die Münze fiel klirrend zu Boden. Nichts geschah. Die Gestalt rührte sich nicht.

Die Pistole immer noch in der Hand kletterte sie behutsam über das Gitter. Sie näherte sich dem Zahnarztstuhl. Jetzt konnte sie das Gesicht sehen. Es war Findlater. Die offenen, ins Leere starrenden Augen sagten ihr sofort, dass er mausetot war.

Hatte die Hrævnauld ihn umgebracht? Wahrscheinlich, wer sonst? Aber warum?

Sie konnte nicht ohne weiteres erkennen, was Findlaters Leben ein Ende bereitet hatte, aber das interessierte sie im Augenblick auch nicht. Sie prüfte eher der Form halber, ob er etwas bei sich hatte, was das Wendover-Papier hätte sein können, oder ob in der näheren Umgebung irgendetwas in der Art zu finden war. Ohne Erfolg.

Da hörte sie schon wieder das Miauen. Hier war ja richtig was los. Sie steckte vorsichtig den Kopf zur Tür hinaus. Niemand zu entdecken. Im Nu war sie über das Gitter hinweg und bewegte sich lautlos in Richtung des Kätzchens, das so tapfer die Vorräte bewachte. Bevor sie dort anlangte, sah sie hinter einer Ecke gerade noch jemanden in einem Niedergang verschwinden. Ein Rütteln an der Luke, aber die war festgesetzt. Keine Möglichkeit, Monique sozusagen die Tür vor der Nase zuzuschlagen.

Sie erreichte den Niedergang, warf einen Blick in die Tiefe. Niemand mehr zu sehen. Sie kletterte die fast senkrechte Leiter hinterher, die Hände am Geländer und die Pistole nach Seeräuberart im Hosenbund. Es fehlte nur noch das Entermesser, dachte sie.

Auf den ersten Niedergang folgte ein zweiter. Alles sehr eng und verwinkelt, aber keine Gelegenheit zum Sichverlaufen. Es ging nämlich nur in eine Richtung. Abwärts. Auch wieder typisch Museum. Dass bloß keiner auf Abwege gerät. Sie erreichte das Ende des zweiten Niedergangs.

Plötzlich dröhnte ein Schuss.

23

Verfluchte Akustik hier unten, dachte Monique. Wo war der Schuss abgefeuert worden? Sie hatte keinen Schimmer. Vorsichtshalber war sie sofort in Deckung gegangen, aber es blieb bei diesem einen Schuss. Hatte jemand auf *sie* geschossen? Sie hatte nichts von einem Einschlag in ihrer Nähe registrieren können. Aber wenn *sie* nicht das Ziel gewesen war, dann mussten sich hier unten noch mindestens zwei Personen rumtreiben. Zwei, die sich nicht grün waren.

Das, wo sie sich gerade befand, schien so eine Art Kesselraum zu sein, überall Armaturen, Regler, Anzeige-instrumente, Manometer, Thermometer, Ventile, große und kleine Stellräder, Rohre und Schläuche und alles furchtbar eng. Der Weg führte über Gitterroste im Kreis durch diese Abteilung. Argwöhnisch schlich sie umher, aber scheinbar war sie hier ganz allein.

Da! Schon wieder ein Schuss.

Und schon kam jemand aus der nächsten Abteilung hereingestürmt, enterte den Niedergang und kletterte flink die Stufen hoch. Mensch! Schild nicht gesehen?, schoss es Monique durch den Kopf. Da stand doch *NO*

ENTRY. Das war gegen die vorgeschriebene Laufrichtung.

Eins war Monique allerdings sofort klar, das war nicht Mrs Hrævnauld gewesen. Lag die jetzt tot nebenan? Wahrscheinlich nicht, sonst hätte diese Person hier es nicht so eilig gehabt.

Schon zum zweiten Mal an diesem Tag ließ Monique jene blonde Dame eine blonde Dame sein. Sie setzte der nach oben entschwindenden Gestalt nach. Wahrscheinlich trieb sie ein vom Menschen in vorgeschichtlicher Zeit erworbener Jagdinstinkt: Alles, was flieht, ist ein potenzielles Beutetier. Man könnte an dieser Stelle darüber philosophieren, ob dieser Instinkt – in einer weniger martialischen Form – auch heute noch bei den meisten Menschen vorhanden ist und das Miteinander in unserer Gesellschaft prägt. Man könnte, aber besser man deckt den Mantel des Schweigens über solche möglicherweise das Wohlbefinden des einen oder anderen beeinträchtigenden Umstände. Ganz abgesehen davon hatte auch Monique gerade überhaupt keine Zeit zum Philosophieren.

Den ersten Niedergang hatte sie geschafft. Kein Mensch zu sehen. Den zweiten Niedergang nahm sie etwas langsamer in Angriff. Oben angekommen spähte sie vorsichtig über das Süll. Da vorne stand er, der Mann, den sie verfolgte. Monique blieb in Deckung und betrachtete ihn eingehender. Er trug eine weiße Kopfbedeckung, eine Art Turban. Dann sah sie, dass er an etwas herumfingerte, das wie eine Mappe aussah. Das Wendover-Papier!, dachte Monique sofort.

Der Mann faltete die Mappe zusammen und steckte sie sich nach kurzem Zögern in den Hosenbund. Als er sich entfernen wollte, nahm Monique die letzten Stufen, stieg über den Süllrand und zog ihre Steyr-Mannlicher.

„Halt!", kommandierte sie. „Bleiben Sie stehen, oder ich schieße. Und nehmen Sie die Hände hoch." Oh, ihr edlen, ihr erlesenen Worte, dachte sie, wie oft wurdet ihr schon gesprochen, in heiligem Ernst, von Guten und von Bösen. Oh, ihr magischen Worte, die ihr imstande seid, wie die Schnüre eines Puppenspielers die Gliedmaßen jener Unglücklichen mal in diese, mal in jene Richtung zu bewegen.

Der Angesprochene verharrte und hob zögernd die Hände.

„Wer sind Sie?", fragte Monique.

„Das wollte ich Sie auch gerade fragen."

Er machte Anstalten, die Hände herunterzunehmen und sich umzudrehen.

„Vorsicht! Ich habe den Finger am Abzug."

„Dann bleibt mir nichts anderes übrig, als mich Ihnen vorzustellen. Broomstick, George Broomstick."

„Oh, Sie also sind Major Broomstick von MI5?"

Jetzt begriff Monique, was es mit dem Turban auf sich hatte. Ihn hatte wohl bei der Explosion heute Nachmittag etwas am Kopf getroffen.

„Es schmeichelt mir", sagte er, „dass Sie schon von mir gehört haben, obwohl man in meinem Metier lieber im Verborgenen arbeitet. Darf ich mich jetzt wenigstens umdrehen, um meiner Bewunderin ins Gesicht sehen zu können?"

„Nicht so eilig. Sagen Sie, sind Sie Rechtshänder?"

„Ja."

„Gut. Ich gehe davon aus, dass Sie derjenige sind, der vorhin geschossen hat. Holen Sie also Ihre Waffe mit der Linken ganz langsam hervor und lassen Sie sie zu Boden fallen. Denken Sie immer daran, ich bin sehr schreckhaft. Hastige Bewegungen könnten zur Folge haben, dass mein Finger den Abzug betätigt. Ganz unbeabsichtigt. Sie verstehen?"

Broomsticks Waffe fiel laut scheppernd auf den Stahlboden.

„Sehr gut. Und jetzt werfen Sie mir das Dokument zu, das Sie bei sich haben. Ich vermute, es handelt sich um das Wendover-Papier, und das hätte ich gerne."

Er fügte sich und das Papier kam in Moniques Richtung geflogen. Sie nahm es auf und steckte es ihrerseits in den Hosenbund, nicht ohne sich vorher überzeugt zu haben, dass es tatsächlich das lang Ersehnte war.

„Jetzt können Sie sich von mir aus umdrehen, aber die Hände bleiben oben."

„Danke. Und jetzt erzählen Sie mir doch bitte, wer Sie sind."

Monique wollte gerade antworten, als Broomstick einen Warnruf ausstieß:

„Achtung! Hinter Ihnen!"

Gleichzeitig bückte er sich blitzschnell nach seiner Pistole.

War das der älteste Trick der Weltgeschichte oder ...? Monique hatte keine Zeit, darüber nachzudenken. Sie handelte instinktiv, und auf ihre Instinkte konnte sie sich eigentlich immer verlassen.

Mit einem Hechtsprung verschwand sie vom Gang und flog in den nächstgelegenen Raum hinein. Sie befand sich sozusagen noch im Flug, als ein Schuss fiel. Er traf Major Broomstick, der sich vergeblich nach seiner Waffe gebückt hatte. Das musste die Hrævnauld gewesen sein, dachte Monique. Wie blöd, dass sie die nicht mehr auf der Rechnung gehabt hatte.

Sie rappelte sich ganz fix auf und orientierte sich. Sie war im Vorraum der Schiffskombüse gelandet. Die hatte die Ausmaße einer Großküche. Etliche hundert Mann wurden hier ja einst versorgt, also war der Raum angefüllt mit den Gerätschaften, die man brauchte, um das Futter für so viele Mäuler zu produzieren. Monique zog sich weiter vom Eingang zurück. Das Wendover-Papier hatte sie jetzt in der Tasche, also machte es keinen Sinn, sich auf irgendwelche Schießereien einzulassen. Lauschend und hinter sich blickend schlich sie weiter. Sie gelangte in einen großen Raum, in dem sich an der einen Seite der Tresen für die Ausgabe befand. Heute gab es

Würstchen, Pommes und Erbsen, aber die Staubschicht darauf ließ ahnen, dass mittlerweile tagein, tagaus nichts anderes mehr auf den Tisch kam.

Sportlich elegant setzte sie über den Tresen hinweg und suchte das Weite. Sie eilte in Richtung Heck, um den Laufsteg zum Queen's Walk hinüber zu erreichen. Sie hatte keine Lust, über Bord zu springen und an Land zu schwimmen. Hinter sich hörte sie das Dröhnen der Schritte ihrer Verfolgerin und war bemüht, sich leiser zu bewegen.

Sie erreichte den Ausgang.

Verflucht! Dies war die andere Seite des Decks. Auf dieser Seite war die Stahltür nach draußen verrammelt und verriegelt. Die Schritte näherten sich. Sie sah sich um. Die Fluchtmöglichkeiten waren nicht sehr zahlreich: zwei Türen. Herren- und Damenklo. Sie entschied sich für Herren.

Mit gezogener Pistole stand sie neben der Stahltür und lauschte. Ein Rütteln am Ausgang zum Achterdeck. Ein leiser Fluch.

Die Tür des Herrenklos öffnete sich langsam. Monique stand im toten Winkel verborgen dahinter. Die andere verzichtete auf eine gründliche Durchsuchung. Vielleicht noch ein wenig verbliebene Scheu, das falsche Klo zu betreten? Ja, sagte sich Monique, das war es, darauf habe ich gesetzt, kluges Mädchen, das ich bin. Sie verheimlichte dabei vor sich selbst, dass sie sich ganz spontan und ohne lange zu überlegen entschieden hatte. Die

Tür ihres Refugiums fiel wieder ins Schloss. Die Hrævnauld wandte sich jetzt garantiert dem Damenklo zu. Spätestens wenn sie Monique dort nicht fand, würde sie zurückkommen, also war es Zeit, selbst aktiv zu werden.

Vorsichtig öffnete sie die Stahltür einen Spalt und hörte, wie die von nebenan zufiel. Schnell war sie auf den Gang hinaus und postierte sich neben dem Damenklo. Sie presste sich ganz eng an die Wand und wartete mit der Pistole im Anschlag. Die Sekunden krochen dahin. Ob es der Hrævnauld dämmerte, dass sie in der Falle saß?

Endlich ging die Tür auf. Die Chancen für die andere standen 50:50. Sie zog die Niete. Sie hatte darauf gewettet, Monique würde rechts von der Tür stehen, aber sie stand links, und deshalb hatte Mrs Hrævnauld jetzt den Lauf der Steyr-Mannlicher im Rücken.

„Waffe fallen lassen", befahl Monique mit einem Hauch von Triumph in der Stimme.

24

„Mir scheint, wir müssen uns irgendwie arrangieren", sagte Mrs Hrævnauld und maß Monique dabei mit einem kühlen Blick.

„Meinen Sie? Ich finde, ich habe im Augenblick alle Trümpfe in der Hand, oder sehen Sie das etwa anders?", fragte Monique lächelnd.

Sie lehnte lässig an der Wand und betrachtete den armen Major Broomstick. Der Mann von MI5 war mehr bewusstlos als nicht und durch die Verletzung und den Blutverlust arg geschwächt. Immerhin war es heute ja auch schon sein zweiter Unglücksfall. Der arme Kerl hatte einfach einen gebrauchten Tag erwischt. Einer der wenigen Lichtblicke in seinem traurigen Dasein war, dass sie einen Verbandkasten gefunden hatten, und zwar einen, der nicht aus der Zeit des Zweiten Weltkriegs stammte. So kam es, dass Mrs Hrævnauld jetzt eine moderne Adaption des Stückes „Florence Nightingale oder wie ich ein barmherziger Engel wurde" zum Besten gab. Sie verarztete Broomstick allerdings mit wenig Feingefühl und wohl auch nur, weil eine Steyr-Mannlicher auf sie gerichtet war.

Monique überlegte, ob sie Alathea erzählen sollte, wie einfach es ihr gefallen war, das tief im Innern verborgene Gute aus Mrs Hrævnauld herauszukitzeln, entschied sich aber dagegen. Es hätte die Kleine möglicherweise in ihrer absonderlichen Theorie von der artgerechten Menschenhaltung noch bestärkt. Oder war es eher ein Argument dagegen?

„Es geht nicht immer nur darum, wer den Finger am Abzug hat", sagte die Schwester wider Willen. „In Ihrem Besitz befindet sich etwas, das ich gerne hätte, und ich vermute, dass diese Sache für Sie bei weitem nicht so wertvoll ist wie für mich."

„Ich vermute, Sie sprechen vom Wendover-Papier."

„Ja, genau das meine ich. Und es ist nicht nur sehr wertvoll für mich, ich habe auch ein Anrecht darauf."

„Wie kommt's?"

„Mein Anrecht ist ein moralisches, und das ist das alles entscheidende."

„Oh, erzählen Sie."

„Ich brauche es, um den Bürgerinnen und Bürgern in diesem Land die Augen zu öffnen, damit sie sehen, was für Schmarotzer sie mit Millionen und Abermillionen alljährlich füttern."

„Sie meinen doch nicht etwa die Fußballspieler? Gut, die führen ja schon ein schönes Leben auf Kosten der Allgemeinheit, ohne zum Gemeinwohl beizutragen. Aber sie sind doch so etwas wie die Hofnarren unserer

Zeit und erheitern das Volk. Aber wie auch immer, sagen Sie, was hat das mit dem Wendover-Papier zu tun?"

„Sie wissen ganz genau, dass ich nicht vom Fußball rede, sondern vom Haus Windsor, vom König und seiner Bagage, die in ihren Palästen wie die Maden im Speck leben."

„Oh! Aber könnte es nicht sein, dass sie auch zur Unterhaltung des Volkes beitragen? Die Zeitungen und Journale, Funk und Fernsehen berichten ausführlich über sie und das sogar im Ausland. Wäre es nicht langweilig, wenn es die Royals nicht mehr gäbe?"

„Weil die Menschen nicht alles über diese Leute wissen oder das, was sie wissen, nicht richtig einzuordnen imstande sind. Deshalb ist es wichtig, dass man ihnen die richtigen Informationen auf die richtige Art und Weise gibt. Zum Beispiel, dass ihr König einst hinter ihrem Rücken heimlich mit dem Feind in Verbindung stand und keine Skrupel hatte, das Land und seine Bürgerinnen und Bürger zu verraten. Natürlich ist das eigentlich nichts Schlimmes. Staaten, Nationen, Völker, alles gestrig und vom Übel. Zu nichts anderem als zu Kriegen hat es geführt, dass die Menschen sich zu Gemeinschaften zusammenschlossen, die sie für besser hielten als andere Gemeinschaften. Sind wir nicht in Wirklichkeit alle eine große, grenzenlose und allumfassende Menschheit? Aber noch ist ihnen nicht bewusst, wie archaisch, wie überholt eine Einteilung in Staaten und Nationen ist. Wenn wir eines Tages all jene beseitigt haben, die unsere Sicht auf die Welt nicht zustimmen, sie mit Stumpf und Stiel ausgerottet haben, dann wird ein neues Zeitalter anbrechen, und wir werden in der besten aller Welten leben. Aber solange die Massen das noch nicht begreifen können, muss man sie mit dem füttern, was in ihre Köpfe passt. So kann man ihnen die Augen zumindest ein wenig öffnen und sie in die richtige Richtung laufen lassen."

„Wie eine treu sorgende Mutter?"

„Ja, genau, wie eine treu sorgende Mutter, die ihren Kindern den Weg zeigt."

„Aber wenn die Menschen glauben, schon erwachsen zu sein, und gerne selbst entscheiden möchten, wie die Welt, in der sie leben, beschaffen sein soll? Vielleicht ist ihnen gerade das am allerwichtigsten, die Freiheit, diese Dinge entscheiden zu können?"

„Sie würden unglücklich werden. Wie Kinder, die einen Moment unbeaufsichtigt waren und etwas tun, was sie hinterher bereuen. Und überhaupt die Freiheit! Was für ein blödsinniges Gerede. Ich bin viel herumgekommen und habe viel erlebt, ich habe Gutes und Schlechtes erlebt, Besseres und Schlimmeres, schönes Wetter und schlechtes, aber noch nie habe ich erlebt, dass in der Geschichte der Menschheit die Freiheit etwas Gutes hervorgebracht hätte, und am Ende macht Freiheit immer unfrei. Der Mensch, der den anderen den Weg zeigt, der ist für mich der wahre Segensbringer. Dazu jedenfalls sage ich Amen, und so ist es."

Mittlerweile hatte Mrs Hrævnauld ihre pflegerische Tätigkeit abgeschlossen.

„Nehmen Sie diesen armen Kerl hier. Major Broomstick hat Glück gehabt, denn er ist noch am Leben. Aber er trägt seine Haut zu Markte für ein politisches System, das er, wäre er klug, bekämpfen sollte. Es ist alles eine Frage des Bewusstseins, welches Niveau man erreicht hat. Und darum müssen Sie mir jetzt das Dossier geben. Es gehört mir, also her damit. Anschließend gehen wir in Frieden auseinander, jeder seines Weges. Ja, ich verspreche Ihnen, Sie unbehelligt gehen zu lassen. Sie können mir vertrauen."

Monique lachte, aber nicht lange, denn plötzlich sagte eine Stimme:

„Ms Meurisse, ich bitte Sie, Ihre Waffe fallen zu lassen."

Monique drehte vorsichtig den Kopf in Richtung des Sprechers.

„Oh, Sie sind es, Inspektor."

Leider hatte auch Detective Inspector Woodhead eine Waffe bei sich. Also ließ Monique schweren Herzens die Steyr-Mannlicher auf den Boden poltern.

„Ms Meurisse habe ich ja bereits kennengelernt, und wer sind Sie, Ma'am?"

„Hrævnauld ist mein Name. Wenn ich richtig verstanden habe, sind Sie von der Polizei. Was für eine glückliche Fügung. Sie kommen im rechten Moment. Schauen Sie nur, was diese Frau dem armen Kerl hier angetan hat.

Wäre ich nicht eingeschritten und hätte mich um ihn gekümmert ..."

„Glauben Sie ihr kein Wort, Inspektor", warf Monique ein.

„Im Augenblick glaube ich niemandem. Das Beste
wird sein, ich nehme Sie beide in Gewahrsam."

„Aber zuerst und vor allen Dingen sollten Sie mir zu
meinem Eigentum verhelfen. Diese junge Dame, die Sie
Ms Meurisse nennen, hat mir ein wichtiges Dokument
entrissen. Ich will Sie nicht mit Einzelheiten langweilen,
aber wenn Sie nicht dafür sorgen, dass ich es zurücker-
halte, besteht die Gefahr, dass diese Frau versucht, das
Dossier zu vernichten."

Woodhead überlegte einen Moment angestrengt.

„Vielleicht ist es besser, ich nehme es an mich. Wir
können später immer noch klären, was es mit dem Papier auf sich hat und wem es gehört. Also, Ms Meurisse,
darf ich bitten."

Monique zögerte.

Woodhead trat näher, und um seiner Aufforderung
Nachdruck zu verleihen, richtete er die Waffe jetzt direkt auf Monique. Diesen Augenblick nutzte Mrs Hrævnauld, um dem Inspektor einen kräftigen Stoß zu verset-
zen, der für den armen Polizisten so überraschend kam,
dass er Mühe hatte, sich auf den Beinen zu halten. Bevor
er reagieren konnte, war die Hrævnauld bereits hinter
der nächsten Ecke verschwunden. Leider hatte Wood-

head sich schon wieder gefangen, bevor Monique ebenfalls das Weite suchen konnte.

Sie merkte, dass es Woodhead große Überwindung kostete, der Hrævnauld nicht hinterherzurennen. Klugheit und der bereits erwähnte Instinkt rangen in seiner Brust miteinander. Die Klugheit gewann. Oder war es vielleicht auch einfach nur so, dass der Jagdinstinkt bei den Angehörigen von Scotland Yard heutzutage nicht mehr so ausgeprägt war?

„Hauptsache, ich habe Sie", murmelte er schließlich. „Das ist das Wichtigste." Wahrscheinlich dachte er ganz nüchtern: Besser einen Knüppel im Sack als einen Goldesel auf dem Dach.

„Sie sollten – und sei es nur der Form halber – ein bisschen in Ihre Trillerpfeife pusten, Inspektor, und rufen: *Halt stehen geblieben, oder ich triller noch mal.*"

Er warf ihr einen bösen Blick zu.

„Ich bin völlig unschuldig, Inspektor. Sie ist *Ihnen* weggelaufen, nicht mir. Wenn Sie sich nicht eingemischt hätten, ich hätte es zu verhindern gewusst. Ich weiß nicht, was Ihre Vorgesetzten dazu sagen werden. Ja, zum Donnerwetter! Wollen Sie nicht wenigstens versuchen, sie noch zu fassen zu bekommen? Weit kann sie noch nicht gekommen sein."

Woodhead war hin- und hergerissen, aber dann kam ihm eine ganz andere Idee.

„Geben Sie mir doch einmal dieses Papier, von dem die Dame sprach. Ich wüsste doch gerne, worum es sich dabei handelt. Könnte es sein, dass es das Dossier ist, von dem Ms Clyne erzählt hat?"

„Welches Papier?", fragte Monique mit Unschuldsmiene, während ihr gleichzeitig durch den Kopf schoss: Jemma hat ihm also davon erzählt. So, so.

„Zum Beispiel das, das in Ihrem Hosenbund steckt."

Monique zog das Wendover-Papier hervor, obwohl ihr mittlerweile klar war, dass Woodhead nicht erfahren würde, um was es sich dabei genau handelte, geschweige denn, was drinstand. Sie dachte an jene freundliche Geste des Majors von vorhin, hatte aber ihre Gründe, sich daran kein Beispiel zu nehmen. So kam es, dass Detective Inspector Woodhead das Bewusstsein verlor, ohne zu wissen, wer oder was die Ursache war.

25

„Gut gemacht, Kleines", sagte Monique in einem vielleicht etwas zu gönnerhaften Ton, was wahrscheinlich
ihre Erleichterung verbergen sollte.

„Gern geschehen, Boss."

„Und was ist das, was du da Verbotenes mit dir rum-
schleppst?", fragte sie, während sie ihre Steyr-Mannlicher
vom Boden aufsammelte und sich dann vergewisserte,
dass Woodhead noch am Leben war.

„Ein Bootshaken", erklärte Alathea. „Stabile Telesko-
pausführung. Was Besseres konnte ich auf die Schnelle
nicht finden."

„Gehört so etwas in zarte Kinderhände? Nein. Und
was hast du hier überhaupt zu suchen? Hatte ich nicht
zum Abschied zu dir gesagt: Husch, husch ins Körb-
chen?"

„Das muss ich missverstanden haben, Boss."

Monique schüttelte missbilligend den Kopf, dann
fragte sie:

„Ist dir auf dem Weg hierher zufällig Mrs Hrævnauld
begegnet?"

„Mrs Hrævnauld? Nein. Weder sie noch Findlater."

„Ach, der Findlater, der ist gerade beim Zahnarzt. Akute Schmerzattacke. Aber jetzt erzähl mir lieber mal, wie du an Bord gekommen bist."

„Mit dem Boot – dem selbigen, das auch unsere beiden Freunde hierhergebracht hat. Ich habe es gemopst. Es war so ..."

„Einzelheiten später", unterbrach Monique ungeduldig. „Dieses Boot, liegt es unten an der Gangway?"

„Nein, es liegt auf der anderen Seite. Ich habe es an den Dalben dort festgemacht. Da vermutet garantiert niemand ein Boot."

„Dann kann die Hrævnauld es also nicht zur Flucht nutzen."

„Sicher nicht. Machen wir jetzt Jagd auf die Dame?"

„Das wird wohl nichts", meinte Monique bedauernd. „Wir zwei haben wenig Chancen, sie auf diesem Riesenkahn zu finden. Außerdem muss sich schnellstens ein Arzt um den Major hier kümmern, aber bevor der erscheint, müssen wir ganz weit weg sein." Monique zuckte die Schultern und ließ kurz die Mundwinkel hängen. „Und dann ist da ja auch noch Inspektor Woodhead. Und Findlater. Die müssen auch hier weg, bevor morgen früh die nächsten Besucher kommen."

„Wie? Dann lassen wir die Hrævnauld laufen?"

„Geht das nicht in deinen Schädel? Wie sollen wir zwei ganz allein das Schiff durchkämmen? Das ist aussichtslos. Sie kann einfach in Deckung bleiben und wenn ihr bis dahin nichts Besseres eingefallen ist, kann sie sich morgen früh unauffällig unter die Besucher mischen und verduften."

„Okay, Boss. Wahrscheinlich hast du recht. Dann kommen wir morgen früh wieder und warten vor dem Mauseloch auf sie?"

„Besser, wir geben den Leuten vom Yard einen Tipp. Die können das besser. Und jetzt sag an, wo genau ist dein Boot?"

„Backbord an den Dalben unweit des Achterdecks." Als sie Moniques fragenden Blick sah, fügte sie hinzu: „Soll ich dich hinbringen? Mach ich glatt."

Was Alathea meinte, war ein stählernes Ungetüm, das aussah, wie aus überdimensionierten Bahnschienen zusammengebastelt. Es sollte verhindern, dass die Belfast der Kaimauer zu nahe kam und womöglich auf Grund lief. Das Ganze war wie ein riesiger vierbeiniger Tisch mit Verstrebungen kreuz und quer und einer Plattform oben drauf. Glücklicherweise war die Flut schon wieder am Abklingen, sodass diese Plattform sich in etwa in derselben Höhe befand wie das Hauptdeck, auf dem die beiden Frauen jetzt standen. Leider war sie ein gutes Stück von ihrem Standort entfernt. Sie würden hinüberspringen müssen.

Monique sah über die Bordwand hinweg nach unten. Wenn man zu kurz sprang, würde man nicht ins Wasser fallen. Etliche Meter tiefer waren weitere stählerne Verstrebungen, sodass der Rumpf der Belfast dort die Dalben berührte. Auf jenen Verstrebungen würde man landen und mit einer ordentlichen Portion Glück den Sturz sogar überleben. Man sollte ja immer positiv denken.

„Als ich kam, war es irgendwie einfacher rüberzukommen", murmelte Alathea.

Klar, dachte Monique. Man hatte auf der Plattform festen Grund zum Abspringen – man konnte sogar Anlauf nehmen – und sich auf der anderen Seite irgendwo an der Reling festkrallen. In die entgegengesetzte Richtung hing man an der Bordwand, und es war viel schwerer, genügend Schwung für den Satz hinüber zu bekommen.

„Ich glaube, Kleines, du bleibst besser hier."

„Wieso? Wenn du meinst, dass du es rüber schaffst, schaff ich es auch."

Monique schüttelte den Kopf.

„Ich denke, das ist nichts für dich. Es ist zu gefährlich, um es einfach mal zu probieren."

„Du hast doch keine Ahnung von Motorbooten, oder? Wie willst du ohne mich klarkommen. Ach, ich glaube, ich komm schon rüber."

„Hör zu, Kleines. Bleib hier an Bord. Broomstick ist bewusstlos und hat dich nicht gesehen und Woodhead auch nicht. Wenn die Polizei dich findet, sag einfach, die Museumsleute hätten dich versehentlich eingeschlossen, als sie dichtgemacht haben. Und selbst wenn es ganz schlimm kommt, deine Eltern werden dich schon rauspauken."

„Vielleicht, wenn wir von dem Deck weiter oben springen ...", meinte Alathea tapfer.

„Nein, das bringt nichts." Und dann dachte Monique daran, dass sie vorhin, als sie aufbrachen, mit Woodheads Handy die Polizei alarmiert hatte. Sie hörte gerade jetzt in der Ferne das Jaulen eines Streifenwagens, vielleicht auf dem Weg hierher. „Wir haben dafür auch keine Zeit mehr. Besser, du bleibst hier, Kleines."

„Nein, ich komme mit."

„Das möchte ich nicht."

„Das ist mir egal", erklärte Alathea durch die zusammengebissenen Zähne hindurch.

Monique musterte sie schweigend. Was sollte sie mit ihr bloß anfangen?

„Ich bitte dich, Kleines. Bleib hier."

Alathea schüttelte den Kopf.

„Ich schaffe es."

„Wie kann man nur so störrisch sein?" Monique schüttelte den Kopf. „Also gut, aber ich wasche meine Hände in Unschuld."

„Klar."

Was sollte sie den Eltern sagen, wenn Alathea etwas zustieß?, schoss Monique durch den Kopf. Sie machte einen letzten Versuch.

„Bitte bleib hier."

„Nein."

„Also gut, ich springe zuerst."

Monique kletterte auf die Reling, versuchte, irgendwie sicheren Halt zu finden, und fixierte die Plattform. Dann schoss sie wie ein Frosch durch die Luft und erreichte sicher die andere Seite. Nicht sehr elegant, aber unbeschadet landete sie dort auf allen Vieren.

Jetzt war Alathea an der Reihe. Sie folgte in allem Moniques Beispiel und sprang.

Zu kurz, sie schafft das nicht, war Monique sofort klar.

Alathea schaffte es tatsächlich nicht ganz. Sie war drauf und dran, in den Abgrund zu stürzen, aber Monique bekam sie irgendwie noch am Schlafittchen zu fassen und zerrte sie mit schier übermenschlicher Kraftanstrengung zu sich herauf in Sicherheit.

Beide lagen sie japsend auf dem harten Boden der Plattform. Dann sahen sie sich in die Augen, und alle beide lachten befreit auf.

Schnell war Monique wieder auf den Beinen und rief:

„Los, wir müssen weiter."

An der anderen Seite der Plattform deutete ein Metallbügel an, wo sich eine Leiter befinden mochte. Monique ging bis an den Rand vor und wagte einen Blick in die Tiefe. Diese Tiefe war ziemlich tief, wie sie fand. Aber da war tatsächlich eine Leiter und ganz unten, weit weg, das Boot.

„Ich glaube, ich nehme lieber den Fahrstuhl", murmelte sie, ergriff dann aber doch den Bügel und schwang ein Bein über den Abgrund. Ihr Fuß suchte tastend nach der obersten Sprosse. Jetzt war das Heulen eines Streifenwagens deutlich zu hören, und das unirdische blaue Licht flackerte bis zu ihnen herüber.

„Beeil dich!", rief sie Alathea noch zu und stieg so schnell wie möglich die rostigen Sprossen hinab. Sie hörte es über sich klappern. Gut, schwindelfrei war die Kleine wenigstens, dachte sie.

Sie erreichten das Boot, scheinbar ohne von der Polizei bemerkt worden zu sein. Monique sank ein wenig erschöpft auf eine Ducht und überließ es der anderen, das Boot flott zu machen.

Alathea startete den Motor, und im Nu schipperten sie flussaufwärts.

Nach einer Weile fragte Monique: „Warum wolltest du eigentlich unbedingt springen? Das war total unvernünftig von dir."

„Ich weiß. Aber soll man immer nur vernünftig sein? Das sind schließlich auch Computer, das ist die künstliche Intelligenz, Maschinen und Roboter sind es, sogar Tiere sind im Rahmen ihrer begrenzten Möglichkeiten vernünftig, auch die Pflanzen. Einzig der Mensch besitzt die Fähigkeit, unvernünftig zu handeln. Das macht uns überhaupt erst zu Menschen. Manchmal habe ich das Gefühl, es nimmt mir die Luft zum Atmen, wenn von allen Seiten versucht wird, mir die Möglichkeit zu rauben, unvernünftig zu sein. Findest du das nicht auch schrecklich, Monique?"

„Aber ist die Unvernunft wirklich so erstrebenswert? Du hättest mit zerschmetterten Knochen dort unten enden können."

Alathea lachte.

„Ich wusste doch, dass du auch noch da bist und mich nicht fallen lässt."

Monique fiel nichts ein, was sie darauf hätte erwidern können.

„Aber was ganz anderes", sagte Alathea fröhlich. „Soll ich dich nach Hause bringen? Jedenfalls bis zur Albert Bridge könnten wir mit dem Boot fahren."

„Du spinnst wohl. Wahrscheinlich haben sie gesehen, wie wir uns aus dem Staub gemacht haben, und hier auf der Themse sitzen wir wie auf dem Präsentierteller. Bei nächster Gelegenheit gehen wir an Land."

Also legten sie kurze Zeit später an einer verlassenen Landungsbrücke an und fuhren mit dem Taxi weiter. Erstes Ziel sollte die Wohnung von Aunt Lulu sein. Dort wollte Monique Alathea absetzen und sich dann nach Hause bringen lassen.

„Du hast mir noch gar nicht erzählt, wie du es geschafft hast, an Bord zu kommen."

„Oh, das war ganz einfach. Als ich sah, dass der Matrose mit dem Boot von der Belfast aus einfach nur über die Themse rüber ist zur Tower Pier, bin fix da hin gedüst. Na ja, ich musste ehrlich gesagt schon ein ganzes Ende rennen und war ein wenig aus der Puste, als ich ankam. Das Boot lag verlassen an der Uferseite der Landungsbrücke. An der anderen Seite geht ja nicht, da legen die Uber-Boote an. Ich habe eine Weile gebraucht, bis ich den Matrosen entdeckt habe. Es waren etliche Leute da, die auf das nächste Uber-Boot warteten. Aber schließlich habe ich ihn ausgemacht. Er stand ganz entspannt da, rauchte und sah zur Belfast rüber. Vielleicht wartete er auf einen Wink, dass er seine Passagiere wieder abholen soll. Keine Ahnung. Ich bin auf die Brücke, habe sein Boot geentert und bin los. Ich kenne mich mittlerweile mit diesen Dingern aus. Mein alter Herr hat eines in Portolena liegen. Das heißt übrigens Aletheia, also fast so wie ich. Eigentlich sollte ich auch so heißen, aber Mutter war dagegen. Sie fand das zu griechisch. Ich habe mal mit ihr und einem netten Jungen eine Spritztour gemacht. Also mit der Aletheia und dem netten Jungen versteht sich. Er hieß Matteo und war der Neffe unserer Haushälterin, und er hat mich überredet, den Schlüssel für die Aletheia zu stibitzen und mit ihm hinaus aufs Meer zu fahren."

Monique ließ Alathea schwatzen und hörte nur noch mit halbem Ohr zu, wie die beiden sich auf hoher See nähergekommen waren. Die Anspannung der letzten Stunden war nun endlich vorbei. Als eine Pause entstand, wechselte Monique unvermittelt das Thema.

„Ich muss morgen ganz früh zu Robbie ins Krankenhaus. Ach, du weißt ja gar nicht, wer das ist. Robbie heißt eigentlich Robertson und ist ein Kollege von mir.

Ihm ist heute Nachmittag etwas zugestoßen, ein Trümmerteil, das hat ihn am Kopf getroffen."

„Der Ärmste."

„Ja wirklich. Er tut mir so leid. Ich mag ihn nämlich sehr gern. Er hat genau das, was mir so sehr fehlt. Er ist ruhig und besonnen. Manchmal macht er mich mit seiner unerschütterlichen Selbstbeherrschung ganz kribbelig, und daran sieht man doch, wie sehr ein Mann wie er in meinem Leben fehlt. Nicht wahr?"

„O, jetzt höre *ich* die Hochzeitsglocken läuten, und zwar gar nicht mehr so weit entfernt."

„Mach dich nicht lustig über mich, Kleines. Leider hat er für mich rein gar nichts übrig. Noch nie hat er mit mir gesprochen, außer wenn es sich partout nicht vermeiden ließ. Und obwohl ich immer Robbie zu ihm sage, bin und bleibe ich für ihn die Miss Meurisse. Wenn er doch wenigstens einmal Monique zu mir sagen würde. Oder Moni. So nannte mein Vater mich immer, als ich noch klein war."

„Vielleicht ist er einfach nur ganz furchtbar schüchtern. Du solltest ihm Zeit lassen."

„Meinst du? ... Nein, ich glaube nicht. Ich fürchte, er ist in unsere Chefin verknallt. Verstehen könnte ich es. Sie ist schon eine bewundernswerte Frau. So stark, so durchsetzungsfähig und dominant. Ich wette, so etwas lieben die Männer."

„Verlier nicht die Hoffnung, Monique. In dem Buch, das ich gerade lese, du weißt, das von der White, da steht: *„Für jedes kleine Mädchen wird ein kleiner Junge geboren. Sie werden zusammen älter, und wenn das Schicksal es will, begegnen sie einander irgendwann einmal."*

„Das klingt schön. Aber ist das nicht dieser Krimi über die Dame, die im Zug verschwindet?"

„Genau der. Vielleicht wird alles gut, und ihr findet zueinander. Die Chancen stehen gar nicht so schlecht, weißt du? Ihr beide seid ja schließlich nicht in einem Roman. Im wahren Leben gibt es manchmal auch ein Happy End."

26

Monique hatte Alathea bei Aunt Lulu vor der Haustür abgesetzt. Sie fühlte sich einfach zu schlapp, um der alten Dame noch einen Höflichkeitsbesuch abzustatten, und ließ sich ohne langen Aufenthalt zu den Kynance Mews chauffieren. Es war ein wahres Vergnügen, nach getaner Arbeit durch das nächtliche, von unzähligen bunten Lichtern erhellte London gefahren zu werden. Verträumt sah sie die urbane Landschaft an sich vorbeiziehen. Endlich einmal waren die Straßen nicht hoffnungslos verstopft. Sie ließ sich an der Ecke Gloucester Road und Kynance Mews absetzen und ging das letzte Stückchen zu Fuß. Das Wendover-Papier hielt sie wie einen Schatz an sich gepresst. Dabei war doch jetzt alles ausgestanden, niemand mehr da, der ihr das Dossier hätte streitig machen können, oder?

Bei Louisa und Simon brannte noch Licht. Sie spielte einen Moment mit dem Gedanken, auf einen Sprung hineinzuschauen, aber sie ließ es dann doch bleiben. Sie wollte wirklich nur noch nach Hause und heute nichts mehr tun, nichts mehr sagen, nichts mehr denken. Als sie die Haustür hinter sich geschlossen hatte, flogen ihre Schuhe in die Ecke, und nach einem kurzen prüfenden

Blick hinters Sofa, ob der ungebetene Besucher vom Morgen auch wirklich entfernt worden war, ließ sie sich ganz undamenhaft aufs Sofa fallen und legte die Füße hoch. Später würde sie sich vielleicht ein Gläschen Wein gönnen, auf ihren Triumph hin. Ja, sie hatte das Wendover-Papier. Das würde ihr bei der Vorsteherin etliche Pluspunkte einbringen. Sie malte sich aus, wie sie morgen früh – nach dem Besuch im Krankenhaus! – ihr Büro betreten und der Vorsteherin genüsslich das Dossier auf den Schreibtisch legen würde. Na, die würde vielleicht Augen machen. Groß wie Autoreifen. Da würde auch ihre neue Brille mit dem Maxi-Gestell nicht mehr mithalten können. In letzter Zeit hatte Monique keine so wirklich überzeugende Arbeit geleistet, aber dieses Mal sah es schon viel besser aus. Diese Mrs Hrævnauld war ihr zwar durch die Lappen gegangen, aber das Wichtigste hatte sie ergattert, das über alle Maßen begehrte Wendover-Papier.

Ein Schreck wie ein elektrischer Schlag fuhr ihr durch die Glieder. Wo hatte sie es hingetan? Ach, da drüben auf dem Tisch lag es ja. Sie entspannte sich wieder. Vielleicht sollte sie mal einen Blick hineinwerfen. Aber dann sagte sie sich, im Augenblick dafür entschieden zu faul zu sein.

Stattdessen stand sie auf und holte sich etwas zu trinken. Sie fläzte sich wieder auf ihr Lager und nippte an ihrem Wein. Dieses Glas und dann in die Heia, sagte sie sich. Und das Wendover-Papier kommt unters Kopfkissen.

In diesem Augenblick klingelte es an der Haustür.

„Oh nein, nicht schon wieder", entfuhr es ihr.

Sollte sie an die Tür gehen? Vielleicht war es Louisa, die ihr ein Stück von ihrer neuesten Kuchenkreation bringen wollte. Die waren es nicht immer wert, dass man dafür aufstand, aber da von draußen Licht zu sehen war, rappelte sie sich widerwillig hoch und öffnete die Tür. Aber es war nicht Louisa.

„Nanu, Miss Civitella. Welch eine Überraschung."

„Ich hoffe, ich komme nicht ungelegen", sagte Aunt Lulu.

„Aber nein, kommen Sie herein", erwiderte Monique so herzlich, wie es ihr nur irgend möglich war, obwohl sie liebend gerne das genaue Gegenteil gesagt hätte.

„Ich störe wirklich nicht gerne. Schon gar nicht zu so später Stunde. Aber da ich es jetzt bereits getan habe ..."

„Ich hoffe, Sie waren noch zu Hause, als ich Alathea vor ihrer Tür abgesetzt habe. Ich war etwas in Eile."

„Nein. Aber sie hat einen Schlüssel."

„Setzen Sie sich doch, Miss Civitella."

Aunt Lulu ging nicht darauf ein.

„Hatten Sie Erfolg? Ich muss vielleicht erklären. Alathea hatte mich heute Nachmittag angerufen, dass sie nicht zum Tee kommt, sondern mit Ihnen zusammen Jagd auf Mr Findlater macht."

Monique lachte.

„Nicht eigentlich auf Findlater. Eher auf das Papier, das vom Dachboden der Gorges verschwunden ist."

„Ah ja. James erzählte mir davon. Und? Ich meine, waren Ihre Bemühungen von Erfolg gekrönt?"

„Oh ja. Das Wild hat sich in unseren Schlingen gefangen."

Monique deutete mit einer flüchtigen Handbewegung in Richtung jenes Tisches, auf dem das Wendover-Papier lag.

„Ich verstehe."

Während sie das sagte, hatte Aunt Lulu aus ihrer Handtasche ein monströses Etwas gefischt, einen alten Armeerevolver, und den richtete sie jetzt auf Monique. Deren fachmännisches Auge hatte sofort erkannt, dass es ein Webley war. Uralter Waffenadel. Hatte schon im zweiten Burenkrieg 1899/1902 mitgekämpft.

„Er hat meinem Vater gehört", erklärte Aunt Lulu, wie um sich zu entschuldigen, und tatsächlich passte das ungeschlachte Ding ganz und gar nicht in die zarte Hand einer so schmächtigen und hochbetagten Dame.

„James hat erzählt, was das für ein Papier ist, das von diesem Herrn Wendover. Zumindest, was draufsteht, und da wusste ich sofort, woher der Wind weht. Und deshalb bin ich jetzt hier. Sehen Sie, ich kann nicht dulden, dass etwas Schlechtes über meinen König oder irgendeinen aus seiner Familie verbreitet wird. Weder über die Lebenden noch über die Toten. Also, Miss Meurisse, ich werde dieses Wendover-Papier jetzt vernichten."

Monique warf einen ängstlichen Blick in dessen Richtung.

„Es liegt dort auf dem Tisch, nicht wahr? Bemühen Sie sich nicht."

Sie bewegte darauf zu, ohne Monique aus den Augen zu lassen, den Revolver immer noch auf sie gerichtet.

„Ich werde es verbrennen, bevor es in falsche Hände gerät. Das hätte ich schon tun sollen, als es noch auf dem Dachboden lag. Aber da wusste ich ja noch nichts von seiner Existenz, und außerdem muss man da immer ein bisschen vorsichtig sein. Auf so einem Dachboden sind so viele leicht brennbare Sachen. Das kann schlimm ausgehen, wenn da ein Feuer entsteht. À propos de rien: Haben Sie Streichhölzer für mich? Oder ein Feuerzeug?"

„Ich bedaure aufrichtig, aber ich bin Nichtraucherin."

„Wie ärgerlich! Ich meine natürlich nicht, dass Sie nicht rauchen. Das ist sicher eine kluge Entscheidung. Man sollte viel mehr auf seine Gesundheit achten. Bereits in der Jugend. Meine Schwester zum Beispiel hat sich schon, als sie noch zur Schule ging, verliebt. Nicht, dass das eine Krankheit wäre, obwohl es manchmal auch sehr weh tun kann. Finden Sie nicht auch? Er war übrigens Soldat, ich meine, der junge Mann, in den Margie sich verliebt hat. Aber sie haben trotzdem später geheiratet. Nach dem Krieg. Aber damals war ich noch sehr jung. Wirklich. Das glaubt man kaum, wenn man mich jetzt sieht, das Gesicht so voller Falten. Aber die Zeit vergeht ja so schnell. Glauben Sie mir, eines Tages wird Ihnen das auch klar werden und Sie werden sich fragen, wo ist bloß mein Leben hin verschwunden?" Aunt Lulu lächelte versonnen, dann wurde sie wieder ernst. „Wo war ich gerade? Ach ja, die Streichhölzer. Dass ich daran nicht gedacht habe. Wie dumm von mir, wie dumm. Ich hätte welche einstecken sollen. Was mache ich jetzt bloß?"

In diesem Augenblick klopfte es, und im nächsten Moment wurde die Tür auch schon aufgemacht, und Louisa schaute herein.

„Ich störe doch nicht, oder?"

27

„In dem Augenblick war Miss Civitella abgelenkt, und ich konnte ihr den Revolver abnehmen. Das war gar nicht so einfach. Ich wollte unbedingt vermeiden, dass ich ihr dabei wehtue."

Die Vorsteherin nickte anerkennend.

„Und dann?"

„Weil es schon so spät war, habe ich ihr für die Nacht mein Gästezimmer angeboten. Sie war furchtbar geknickt, weil sie, wie sie es ausdrückte, die Sache versemmelt hätte, und was wohl Charles dazu sagen würde, wenn es ihm zu Ohren käme. Ich glaube, sie war den Tränen nahe. Wissen Sie, Ma'am, ich hatte wirklich Angst, sie würde sich in ihrer Verzweiflung etwas antun."

„Ach ja, das arme Tantchen."

„Nach einigem Zureden hat sie dann mein Angebot auch angenommen. Louisa, also Mrs Riding, meine Nachbarin, hat ihr dann noch einen Becher heiße Milch mit Kakao gemacht. Sie sagte, das hätte ihre Oma auch immer vor dem Schlafengehen getrunken, und Miss Civitella hat dann auch ganz brav den Becher geleert und ist zu Bett."

„Und heute Morgen war Miss Civitella weg und mit ihr auch das Wendover-Papier, ja?"

„Nein." Monique kramte in ihrem Rucksack. „Warten Sie, gleich habe ich's. Ja, hier ist das, was Sie so gerne haben wollten, Ma'am."

Monique packte ihre Beute triumphierend auf den Tisch und beobachtete ihr Gegenüber gespannt. Jetzt musste es doch endlich mal ein ganz, ganz dickes Lob geben. Vielleicht sogar eine Gehaltserhöhung. Aber die Vorsteherin warf nur einen flüchtigen Blick auf das Deckblatt und legte das Dossier dann beiseite.

„Mmh. Na gut."

Da war Monique schon ein wenig enttäuscht. War das jetzt grandios gespieltes Understatement oder was?

„Wollen Sie nicht wenigstens einen Blick reinwerfen, Ma'am?"

„Wozu? Ich kenne das Papier. Ich habe es selbst geschrieben." Und dann starrten zwei große, ausdruckslose, braune Augen Monique durch die Riesenbrille hindurch unverwandt an.

„Aber ...", war alles, was der dazu einfiel.

„Es war ein Köder. Ich war sicher, dass die andere Seite der Versuchung nicht widerstehen würde, den Unglücksraben zu spielen und den sechs Raben, die über das Königshaus wachen, die Flügel zu stutzen. Um es mal bildlich zu formulieren. Ich wollte sie dazu bringen, die Finger nach dem Papier auszustrecken und dann auf dieselben klopfen und zwar ganz kräftig. Na, es hat nicht ganz geklappt." Die Vorsteherin legte die Stirn in Falten. „Schauen Sie mich nicht so an, als wenn bei Ihnen immer noch kein Licht aufgegangen wäre."

„Dieser Wendover ..."

„... den gibt es nicht."

„Aber wie um alles auf der Welt ist dieses Papier ausgerechnet auf dem Dachboden bei den Gorges gelandet?"

„Haben Sie vergessen, was ich Ihnen vorgestern erst erzählt habe? Octavia und ich sind zusammen zur Schule gegangen. In einem Internat erlebte man so manches. In früheren Zeiten jedenfalls. Gutes und Schlechtes, Kluges und Dummes, Lustiges und Trauriges, Sonnenschein und Regen, aber was man am Ende mitnahm, waren Freundinnen fürs Leben. Ja, wer dort Jahr ein, Jahr aus mit einem durch dick und dünn gegangen ist, die tut das ein Leben lang. Wer dort Freundin war, die bleibt Freundin ein Leben lang, ist wie eine Schwester. Nein, vielleicht sogar mehr als eine Schwester. Deshalb war Octavia sofort bereit, bei meinem kleinen Spielchen mitzumachen." Die Vorsteherin lächelte. „Wendover hieß übrigens das Haus, in dem wir beide damals gewohnt haben." Dann maßregelte sie Monique mit einem strengen Blick. „Aber ich konnte natürlich nicht ahnen, dass Sie sich dort herumtreiben würden und alles ins Chaos stürzen."

„Tut mir leid." Monique bemühte sich, ein zerknirschtes Gesicht zu machen.

„Eine Zeit lang habe ich Sie sogar in Verdacht gehabt. Sie hätten ja eine Doppelagentin sein können, ausgeschickt, um das Wendover-Papier zu stehlen."

„Oh!" Fast wäre Monique rot geworden. „Ich glaube, ich fange langsam an zu begreifen. Und Miss Girdlestone, hat denn die nicht für MI5 gearbeitet – oder nicht nur – sondern auch für uns?"

„Nein, die nicht, sondern Findlater."

„*Findlater?*"

„Ja. Er sollte aufpassen, dass sich niemand so ohne Weiteres mit dem Wendover-Papier aus dem Staub macht. Wir wussten, dass MI5 Miss Girdlestone darauf angesetzt hatte. Also hat Findlater sich in der Nähe postiert und den verunfallten Radfahrer gespielt. Leider habe ich lange nicht geahnt, dass das noch längst nicht alles war, was von ihm nur gespielt wurde."

„Ich verstehe. Er hat nicht nur für Sie, sondern auch für diese Mrs Hrævnault gearbeitet."

„Genau."

„Hat er Miss Girdlestone ermordet, weil sie ihm zuvorgekommen war und das Papier hatte?"

„Ja. Ich vermute, die Girdlestone hat, als sie meinte, alles würde schlafen, auf dem Dachboden rumgeschnüffelt und das Dossier gefunden. Aber sie wurde von Linos Sekretär, diesem Finsburg-Stallard, gestört. Es ist ihr gelungen, den armen Kerl niederzuschlagen und mit dem Papier zu verschwinden, bevor Sie aufgetaucht sind. Nur weit ist sie nicht gekommen."

„Ja, und Findlater hat, nachdem er sie getötet hatte, einen Einbruch vorgetäuscht, um seine Spur zu verwischen. Dann hat er das Papier bei dieser Mrs Hrævnauld abliefern wollen. Haben wir übrigens was gehört, ob Scotland Yard sie heute früh zu fassen bekommen hat?"

„Nichts dergleichen. Ich wette, sie ist ihnen entwischt, die gute Mrs Rabenalt."

„Rabenalt?"

„Bartholomea Rabenalt. Oder Ravenold oder altenglisch Hrævnauld."

„Jetzt bin ich aber platt. Die Hrævnold, das war Bartholomea Rabenalt?"

„Genau so. Unsere Freundin, die Weltverbesserin, die dieses Mal gerne die armen, geknechteten Bürger des Britischen Königreichs von den royalen Unterdrückern befreien wollte. Als die gute alte Königin gestorben ist, stand es hier spitz auf Knopf. Viele haben sich ernsthaft gefragt, ob die Monarchie in diesem Land auf Dauer überleben kann. Aber dann kamen die Krebserkrankungen des Königs und vor allem die von Kate. So schlimm sie für die Betroffenen und ihre Angehörigen auch waren, sie haben dem Königshaus viele Sympathien beim Volk eingebracht. Die Engländer haben schon immer ein Herz für Pechvögel und vom Schicksal Benachteiligte gehabt. Es wurde also höchste Zeit für die Gegner der Monarchie, mit einem neuen Skandal gegenzuhalten. Prinz Andrew war ja schon fast wieder in Vergessenheit geraten. Eine Verquickung des Königshauses mit dem Erzschurken Adolf Hitler schien das Potenzial zu haben, Wasser auf die Mühlen der Antimonarchisten zu sein."

„Und da haben Sie das Dossier geschrieben und Octavia Gorges gebeten, es auf dem Dachboden zu verstecken."

„Genau. Und dann hier und da ein Gerücht gestreut, an den richtigen Stellen natürlich. Mehr war nicht nötig. Wissen Sie, dass wir ein ganzes Netzwerk an Leuten haben, die wir bei Bedarf mit Gerüchten und falschen Informationen füttern? Sehr nützlich. Handverlesen sind diese Leute, und sie ahnen nicht mal, was für eine wertvolle Arbeit sie leisten."

Die Vorsteherin lächelte vergnügt.

„Und das, was in dem Papier steht?", hakte Monique nach. „Stimmt das, oder haben Sie das alles erfunden?"

„Nun, ich habe dasselbe Rezept angewandt, das man für einen guten historischen Roman benutzt. Es steckt gerade genug Wahrheit drin, um den Leser glauben zu lassen, auch das Gelogene sei wahr."

„Dann hätten Mrs Hrævnauld, ich meine Bartholomea Rabenalt, und ihre Leute also mit dem Wendover-Papier gar keinen Schaden anrichten können, oder?"

„Seien Sie doch nicht so naiv, Meurisse."

Monique wusste, wie gerne die Vorsteherin dozierte, wenn sie guter Laune war, und ließ es geduldig über sich ergehen.

„In diesem Metier geht es zuerst und vor allem anderen darum, den vermeintlichen Gegner mit Dreck zu bewerfen. Wenn sich Anschuldigungen und Vorwürfe später als falsch erweisen, ist das bedeutungslos. Etwas vom

Dreck bleibt immer hängen. Allerdings darf man sich natürlich nicht erwischen lassen. Man muss einen guten Vorwand haben. Nicht, dass jemand einem nachweisen kann, es sei doch von Anfang an klar gewesen, dass die Geschichte nicht ganz astrein ist und dass man sie nicht hätte an die große Glocke hängen dürfen. Das Risiko ist allerdings nicht allzu groß. Es ist hinterher immer sehr schwierig, so etwas zweifelsfrei nachzuweisen. Wer darauf setzt, ungeschoren davonzukommen, gewinnt fast immer."

Die Vorsteherin wandte sich der Gegensprechanlage zu.

„Ich glaube, Meurisse, wir haben uns zur Feier des Tages eine Tasse Tee verdient. Mrs Templeton, hören Sie? Bringen Sie mir und Miss Meurisse Tee. Nehmen Sie Celebration Blend. Danke." Und wieder zu Monique gewandt: „Sie haben Mrs Templeton kennengelernt, als sie kamen, nicht wahr? Sie nimmt den Platz von Robertson ein, bis er wieder fit ist."

„Der arme Robertson. Ich war heute früh schon bei ihm. Er war bei Bewusstsein, aber noch sehr schwach. Furchtbar. Und einen ordentlichen Brummschädel hatte er."

Die Vorsteherin nickte verständnisvoll.

„Was ich noch nicht ganz begreife", fuhr Monique fort, „ist, wozu dieses ganze Theater mit der Botschaft in dem Kochbuch und das Versteckspiel auf der HMS Belfast?"

„Ich vermute, Findlater wollte unter allen Umständen vermeiden, mit Mrs Rabenalt oder ihren Leuten in Kontakt zu treten. Wahrscheinlich hatte er Angst aufzufliegen. Also hat er das Dossier auf der Belfast versteckt und die Hinweise, wie man es dort finden kann, in dem Kochbuch deponiert. Wie er ausgerechnet auf die Belfast gekommen ist, das ist mir allerdings ein Rätsel. Obwohl ... der Ort hatte auch seine Vorzüge. Anders als bei diesem Museum hier kommt man dort nur gegen Geld rein. Da treibt sich also nicht Hans und Franz rum."

„Aber die Botschaft an die Schatzsucher muss verschlüsselt gewesen sein."

„Genau. Und aus irgendwelchen Gründen brauchte man Findlaters Original, um die Sache entschlüsseln zu können. Deshalb war Miss Clyne gezwungen, sich mit ihrem Agentenführer zu treffen. Aber da waren die Leute von Mrs Rabenalt schneller und haben das zu hindern gewusst. Für sie war die Botschaft letztendlich entbehrlich. Sie konnten nötigenfalls auf Findlater selbst zurückgreifen, so sehr der sich auch sträuben mochte."

„Ihr Pech, dass die Leute von MI5 zwar nicht wussten, wo genau das Wendover-Papier versteckt war, aber immerhin, dass es irgendwo auf der Belfast sein musste."

„Ja, möglicherweise haben sie Findlater beschattet, und als er an Bord des Schiffes gegangen ist, haben sie eins und eins zusammengezählt."

„Und das ist zwei, und damit sie auch wirklich zu zweit sind, haben sie die Leute vom Yard dazugeholt", erklärte Monique fröhlich. Für so eine alberne Bemerkung hätte sie normalerweise einen Rüffel bekommen. Heute aber nicht, denn die Vorsteherin war bester Laune.

„Richtig", sagte sie und nickte ernst. „Aber was sich dann auf der Belfast genau abgespielt hat, werden wir wohl nie erfahren."

Dann brachte Mrs Templeton den Tee.

Behutsam nippte die Vorsteherin an ihrer Tasse.

„Ah, wunderschön. Und dieser Hauch von Jasmin. Einfach himmlisch. Was sagen Sie, Meurisse?"

„Ja, wirklich sehr himmlisch", log Monique. „Wo wir gerade davon sprechen, Ma'am. Wann haben Sie zum letzten Mal ... ich meine, nachgesehen ... also, in meine Personalakte geguckt und zwar da, wo drin steht, wie viel Gehalt ich bekomme?"

„Warum sollte mich das interessieren?"

„Sie haben doch vorhin gesagt, das hätte ganz schön ins Auge gehen können mit dem Dossier. Auch wenn es nicht echt gewesen ist. Also, wenn das Wendover-Papier – ich meine, *Ihr* Papier – in die falschen Hände geraten wäre. Wenn *ich* nicht verhindert hätte, dass es da reingerät, wollte ich sagen, dann hätte das doch böse enden können, oder? Insofern war das eine echt gute Aktion von mir, dass ich das verhindert habe. Finden Sie nicht auch?"

Die Vorsteherin sah sie eine Weile schweigend an. Dann wanderte ihre Hand zur Gegensprechanlage.

„Mrs Templeton? ... Bringen Sie mir doch bitte mal die Personalakte von Meurisse, Monique Meurisse."